穿雲少女

Die Wolke

現在我們再也不能說，我們一無所知

顧德倫・包瑟望（Gudrun Pausewang）—— 著
黃慧珍 —— 譯

各方好評

名家聯合力推：

伊格言（小說家）、**李偉文**（牙醫師・作家・環保志工）、**凌性傑**（作家）、**夏曼・藍波安**（小說家）、**陳思宏**（作家）、**黃哲翰**（評論作家）、**郝譽翔**（作家）、**廖偉棠**（作家）、**鄭慧君**（淡江大學德文系助理教授）、**鍾文音**（作家）、**鴻鴻**（詩人）誠摯推薦

「《穿雲少女》是一場真實無比的惡夢，由人類自己打造。在舉世劇變當中，如果還需要文學的話，應該就是像這本小說——帶給我們勇氣和智慧，去阻止這樣的惡夢發生。」——鴻鴻

「我們都是劫後餘生的少年！」——廖偉棠

「在動盪的年代，必須喚醒每個人的危機意識。」——鄭慧君

「書中殘酷的場景企圖勇敢告別虛假的美夢與幻想。」——《時代週報》（*Die Zeit*）

作者得獎紀錄

- 一九八八年，本書《穿雲少女》獲德國青少年文學獎（Deutscher Jugendliteraturpreis）。
- 一九九九年，獲聯邦十字勳章（Bundesverdienstkreuz）。
- 二〇〇九年，德國青少兒文學學院（Deutsche Akademie für Kinder- und Jugendliteratur, Volkach）終身成就獎。
- 二〇一七年，德國青少年文學協會（Arbeitskreis für Jugendliteratur）授予德國青少年文學獎特別獎（Sonderpreis des Deutschen Jugendliteraturpreises），此為德語青少年文學領域最高榮譽。

推薦序

穿雲冒險記——倖存少女的警示

鄭芳雄

「穿雲少女」聽來輕飄浪漫，其實小說內容描述西德格拉芬萊茵費爾德（Grafenrheinfeld）核電廠反應爐爆炸的超級大災難（Super-GAU），及其對人類生命摧毀，造成社會經濟崩盤、生態環境、土壤、生物的全面滅絕（Ökozid）。原書名「雲」指的是沾滿輻射塵的原子雲。為了閃躲它，向來以守秩序、重紀律聞名的德國民眾倉皇逃命，亂成一團，甚至彼此踐踏、相互射殺。這朵雲奪走一萬八千條人命，也讓帶著弟弟騎腳踏車長途奔波逃命的十五歲少女，不僅成為枯瘦光頭的倖存者，同時失去雙親和全家，弟弟被車輾死，屍體棄置荒郊，沒人收屍。這些怵目驚心的細節場景，讀來難免令人質疑：這一切可能發生在講究人性尊嚴的德國社會嗎？

所幸，書中這場核災全是虛構的。作者杜撰「雲」的故事不過是個寓言，目的無非要警告國人核電廠可能造成極大災禍。國人或以為，德國電廠代表德意志的自信，固若金湯。然而童年遭受納粹的大騙局，作者對於國家機制、made in Germany（德國製造）的理想品質，幻想早已破滅。哪怕因誇大扭曲德國形象而激怒了不少建制派讀者，她也要克盡作家批評社會的職責。

一九八六年，女作家包瑟望（Gudrun Pausewang, 1928-2020）深感車諾比核災的震撼，及其在德國和全歐所造成的恐慌下筆，然而更讓她震驚惶恐的是國人面對核爆案的無感，以及對於國內核能發電廠所表現出的一副麻木冷漠、事不關己的態度。這讓她聯想到二戰前德國小市民不負責、姑息養奸的心態，縱容納粹壯大，坐視其為非作歹，終至釀成戰後廢墟的悲慘歷史。因此，她迫不及待要把反核思想建構成文學書寫的理念，不到一年而成書。書中尤其批評德國政客只顧黨派利益和片面的國家經濟，掩蓋核災事實，隱瞞發電廠排放的輻射劑量對生命所造成的危害。這些批評都反映在七位作家所刊登的指控，作者把這些指控詩文分別列於書中前言，作為醒目的楔子。

青少年小說《穿雲少女》（*Die Wolke*，直譯為《雲》）發表於車諾比核災後的次年（一九八七年）。從主題看，顯然屬於反核導向的「傾向文學」（Tendenzliteratur，有明確的政治傾向或意識型態的文學），具強烈的社會政治批評意味，但其形式內容卻不失文學價值，及其作為青少年文學所應具有的教育意涵，它涵蓋知性與感性兩個面向：就知性的反核議題，作者提供相當豐富的專業的核輻射資訊，而又能夠將此資訊題材具體化，融入感性的曲折生動的故事架構——少女冒險逃命之旅。前者主要根據七〇年代《醫生反對原爆死亡》（*Ärzte gegen Atomtod*，為全球六千五百個醫生 IPPNW 的聯合聲明，呼籲取締核能、核武追求一個健康、和平、有尊嚴的生命與世界。於一九八五年獲諾貝爾和平獎）所發表的資訊，以及有關核災的研究報導。而後者屬於個人文學創作，故事的鋪陳部分基於作者本人的生平故事，和一輩子作為中、小學教師的親身經驗。

杜撰的敘述情節和場景，實際上牽涉到作者童年、二戰結束前後境遇和身為難民的生涯：出身於捷克的少數德語民族（蘇台德德國人，蘇台德地區只存在於一九三八年至一九四五年期間），十到十七歲被編入納粹少女團，十五歲時父親戰亡，戰後才隨家人從西利西亞逃到西德的威斯巴登（Wiesbaden），並在當地讀書、念大學、擔任小學教師。之後移居中南美數國，曾在哥倫比亞德國學校教書，直到一九七二年才回西德敘立茲（Schlitz）定居並在中學教書。而這兩個作者所熟悉的城市就成為她敘述小說《穿雲少女》的背景：後者是主角的家鄉、少女流浪故事的起點和終點；前者（Wiesbaden）則是作者作為戰爭難民奔往西德的頭站，也是小說裡因核災失去雙親，成為無家可歸的主角星夜投奔的避難所。那裡住著她心愛的溫柔熱心的小阿姨阿慕特，這位中學教師同是原爆受害者，但仍不顧自己身心創痛，奮力投入核災救濟工作。她是作者所刻意塑造的反核精神偶像，小說主角受到她的影響，才有勇氣對不負責的官員嗆聲，有勇氣不戴假髮，光頭現身，提醒國人面對核災的教訓。

造成成千上萬人死亡的核災，堪比一場殘酷的戰亂。作者從身為軍國主義的受害者的角度來觀察，都可歸罪於缺乏反省能力的德國人。在罪惡感和羞恥心的驅使下，小說家葛拉斯（Günter Grass）撰寫一系列戰後文學，揭露德國歷史的黑暗面，而小他一歲的包瑟望也透過她的小說人物，宣洩她對國人的批評：「比如那些戰爭過後逃回家鄉的人，他們身上沒有輻射，但人們同樣不喜歡看到這些戰爭難民。我的祖母出身中歐西利西亞，她就經常跟我提過這種心態，因為僥倖活下來的人不想要隨時被人提醒其他人並沒有那麼幸運，也不想記起他們需要幫助而且有接受幫助的權利。」這個「祖母」和主角揚娜貝塔的「外婆」，從第八章的敘述來看，顯然涉及作者本人，主角成了她的外孫女。

童話書寫乃出於浪漫主義的歷史悲情，藉由唯心主義的透視，宗教的救贖，化腐朽為神奇，故事再怎麼悲慘恐怖，都有個快樂的結局，用以喚醒民族的希望與信心。這就是

《格林童話》（一八一二年）和民歌集《少年魔號》（*Des Knaben Wunderhorn*，直譯：男童的神奇號角，一八〇八年）的產生背景。德國人喜歡敘述童話的宿命，早在一世紀羅馬史學家 Tacitus 在其《日耳曼》（*Germania*）一書裡就已看穿：當南國人喜歡生活在露天廣場時，德國人卻避開戶外惡劣的天氣和沼澤，喜歡躲在家裡爐火旁敘述童話，夢想著天堂。然而《穿雲少女》卻是一篇反童話的敘述，沒有快樂的結局。它不像「糖果屋」，由哥哥帶著妹妹迎著陽光走進森林，破解巫婆的魔咒，而是姊姊帶著弟弟騎腳踏車衝入車陣和輻射雲，結局是弟弟橫屍在道路旁的油菜花田，姊姊病倒在臨時方艙醫院，成為孤女。她想偷偷離開醫院，去找爸爸、媽媽和弟弟，想起二戰時讀過的童話：「一個女孩尋找失蹤的家人，經過長途跋涉後終於找到家人，於是所有的事情都有了好的結局。揚娜貝塔讀得都哭了。」此時，她還不知道父母早已核爆身亡。

作者以外孫女作為敘述的代言人，在故事結尾，巧妙地運用倒述手法，由少女揚娜貝塔悲憤地拉下毛線帽，露出枯瘦的光頭，面對被蒙在鼓裡、不知親人死活的爺爺奶奶，敘述整個核災的悲慘故事。

全書人物、對話栩栩如生，故事情節曲折緊湊。由德國青少年主導談論核災，及其引發的政治社會問題，不僅讓年輕學童讀之入迷，也引發一般讀者對於核能議題的關注與省思。故此書發表後在德國一再成為暢銷書，也被列為學校教材，並獲得青少年文學獎。後來無核環保意識抬頭，Grafenrheinfeld 核電廠於二〇一五年關閉，此書不無貢獻。

（本文作者為德國慕尼黑大學德語文學博士、台大外文系退休教授）

目次

作者的話

「一九八六年四月二十六日，車諾比的核反應爐因人為失誤爆炸了。事故發生後，外洩的輻射擴散到包含德國在內的歐洲大部分區域。在初次獲知車諾比核電廠事故的五分鐘前，我做夢也沒想過，我會以核反應爐的危險性為題寫一本書。然而，我很快就寫下這本小說《穿雲少女》，故事中的核電廠事故就發生在我們人口密集的德國境內，敘述一個少女在嚴重的核事故後不僅失去家人，更得為自身的生存而戰。」

——顧德倫·包瑟望

前言

Preface

現在
我們再也
不能說，我們
什麼都不知道了……

現在我們
不能說，我們
什麼都不知道

什麼都
不知道

我們不知道
不知道……

我們
不知道

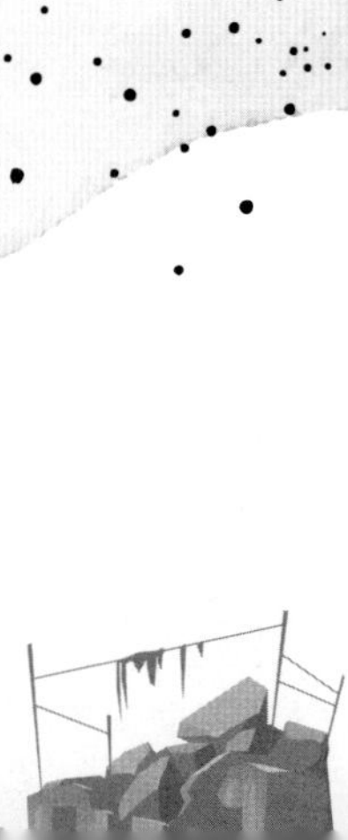

發生事故了

現在怎麼辦？該買保久乳，還是
罐裝煉乳？
我們不知道。

到底該注意保存期限，還是
輻射物質的半衰期？
我們不知道。

應該撐傘，還是
淋浴沖掉就好？
我們不知道。

到底，對兒童的危害
是成人的
二十三倍，還是十七倍？
我們不知道。

這不僅僅是關乎冷凍食品，或是特定地區
產的菠菜葉能否安心食用的問題。

我們的政客都在裝死。
那些原本話很多的大爺們，如今完全噤聲。

當貨車司機在邊境抗議
通關手續繁瑣耗時的時候，
擔任巴伐利亞地方首長的史特勞斯（Franz Josef Strauß）前進災區，
搭乘的是，全地形四輪越野車。

當婦女不能讓孩子
到戶外遊戲區玩，
當莊稼人不能收成，只能將他們種好的葉菜類蔬菜直接犁回田裡，
當人直接暴露在輻射風險之中，
行政系統的傳聲筒反而靜默了。

我們的政府反而躲起來了
為什麼？

保持冷靜，
無須激動，
就讓那上頭長草吧！
核能政策不容受阻。

只有一個人站出來發聲：內政部長齊默曼（Friedrich Zimmermann）。
他指責俄國人，
他們封鎖資訊的政策是
不人道、不負責任的行為，
因為他們一心只想著讓人民
保持冷靜，
無須激動，
就讓那上頭長草吧！
核能政策不容受阻。

當時的總理柯爾（Helmut Kohl）只是在出訪行程中，
從遙遠的東方下達指示。
有關當局封鎖輻射值相關資訊。

如今全球約三十個國家境內，共約三百五十座核電機組持續運轉中[1]。
已經發生事故的有兩座：
一座在三哩島（註：美國一九七九年發生核事故地點），一座在車諾比。

未來只會有更多人死於癌症。
自此，許多人的基因已經在
不知情的情況下，發生病理變化。
未來還會有更多需要動用社會救助資源的案例與殘障病例。
有害物質存留在食物鏈中，
最後積聚到我們體內。

我們的世界自來就可能發生事故。
從來就沒有絕對的安全保障。
每種技術都有各自的缺陷。
事故的發生只是人性而已。
然而，沒有把發生事故的可能考量進去，
就是不負責任和不人道的做法。
核能經濟建立在科技奇蹟之上，
而且是不容許失敗的科技奇蹟。

然而，
事故發生了。

1 譯註：根據統計機構 Statista 於二〇二一年五月公布的最新資訊，目前全球運轉中的核電機組有四百四十三座。

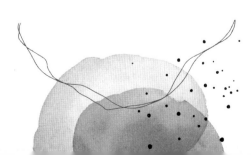

德國核電廠的安全性可能是
俄國核電廠的兩倍。
但那也只意味著相較於四年發生一次意外，變成八年發生一次意外而已。

布洛克多夫核電廠離漢堡只有六十公里，
瓦克斯多夫核電廠離慕尼黑只有一百三十公里，
比伯利斯核電廠離法蘭克福只有五十公里。

住在漢堡的人要撤到哪裡去？
難道住在慕尼黑的人要撤往義大利卡布里島？
然後，法蘭克福人撤到西班牙加納利群島上？

每個人都要獨自面對。
就像這次一樣。
因為政客又會再次

無能為力。
他們只會想著如何安撫民心、暫時平息激動的情緒。

他們會說：別慌。
他們說：他們理解，我們擔心的事，
但完全沒必要。
他們說：最重要的是，讓一切維持正常運作。
而且，現在只會更安全。
他們說：核電創造就業機會。

這些都只是安撫無知者的話。
他們什麼都看不到，
他們什麼都不願意聽，
他們什麼都學不會。
他們只學到如何贏得選戰。

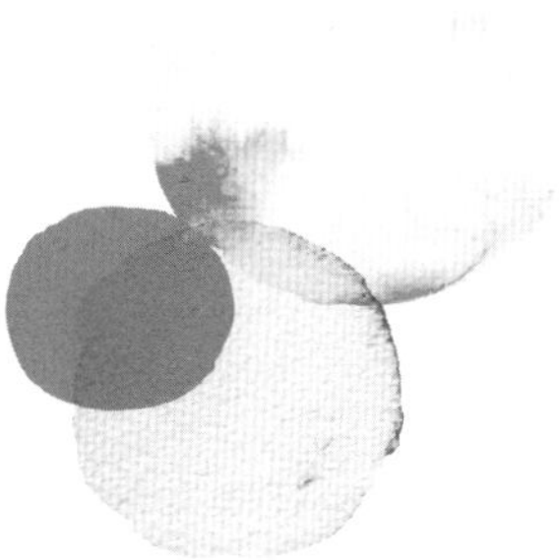

我們又學到了什麼？
只是抗議混雜的資訊，以及
政府粉飾太平，都還不夠。
要求更多安全保障，不夠。
就算政客面臨危機如何無能，
已經讓我們印象深刻，
也還不夠。
（他們告訴我們，車諾比核災只是一場意外。
還要我們想像，規模相當於幾顆飛彈爆炸而已。）

出逃嗎？移民嗎？
但是，能到哪裡去？

現在我們再也不能說，
我們一無所知。

我們不能逃也無法移民。
這個世界終究會成為我們自己設下的牢籠，
而且是核能科技進步造就的牢籠。

如果今日我們什麼都不做，
那些人明天就會感謝
我們的沉默和「理性」。
每個人都該仔細想想，自己可以做些什麼。
每個人都在自己的位置上，做好自己該做的事。
這一次，我們不會忘記。

上文於一九八六年五月二十三日，也就是車諾比核災後四個星期，發表在《時代週報》（*Die Zeit*），內容集結七位朋友圈的創作而成。依新聞法署名的負責人代表為英格・艾歇－紹爾（Inge Aicher-Scholl）。艾歇－紹爾女士是德國納粹時期非暴力反抗組織「白玫瑰」（Die Weiße Rose）的犧牲者紹爾兄妹（Hans und Sophie Scholl）的姊姊。

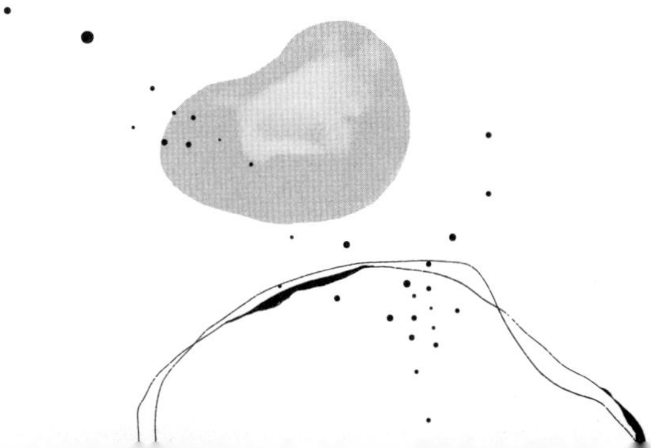

第一章

星期五早上和風吹拂。揚娜貝塔望向窗外，看到新綠的樺樹葉子在陽光下婆娑起舞。枝椏的倒影在學校中庭柏油地面上輕顫。櫻花花瓣像雪一樣點點灑落，飄過校舍屋頂。天空藍得深邃，只有零星幾朵輕盈得像棉花般的白雲偶爾掠過。以五月的上午來說，這一天氣溫格外暖和，視線清明。

突然警報大作。法語課的課堂上正進入新的一課，本濟錫老師被迫停下還沒說完的句子，下意識地看了一眼手錶。

「還有九分鐘才十一點，」他說道：「這演習警報的時間還真怪。報紙上也沒看到任何消息。」

「這是核生化警報！」班上成績最好的艾勒馬大聲說道。

「好吧！可能哪裡有公告，我剛好沒看到。」本濟錫老師說：「我們繼續。」

話剛說完，都還沒進到課本上的內容，擴音器又響起。所有人抬頭看向門上的那一小方音箱。這次說話的不是祕書，而是校長本人。

「剛才是核生化警報。現在馬上停止上課，所有的學生請盡快回到家中。」後面應該還講了幾句話，只是雜音太大聽不清楚。大家趕快跑到窗邊向外看。

「什麼意思啊？妳有聽懂嗎？」問話的是麥珂，揚娜貝塔的朋友。

揚娜貝塔搖了搖頭，這才感覺到自己的手冰涼涼的。一定是發生了什麼事。不過，到底是什麼？她想起小弟梧利。

「回家吧！」本濟錫老師說。

這時聽到走廊上傳來的各種聲響：慌張的尖叫聲、急促的腳步聲，還有門大聲闔上的聲音。

「現在到底是怎樣？」揚娜貝塔喊道。

本濟錫老師聳聳肩。

「我知道的也沒比你們多呀！」他說：「走吧，馬上離開！越快越好！但還是要隨時提高警覺！」

「應該是要來一場特別逼真的防災演習吧！」艾勒馬邊說，邊氣定神閒地收好書包。

但是本濟錫老師搖了搖頭，說：「如果是的話，我早該知道了。」

接著有人打開教室的門往外跑，其他人也跟著衝了出去。走廊上已經擠滿了驚慌失措的人。

有幾個學生試圖逆向穿過人群，揚娜貝塔看到同年級的英格麗就在逆向而行的那幾個人裡面。英格麗住在巴伐利亞、黑森和圖林根三邦交界的隆恩山區。課間休息時，揚娜貝塔常和她在一起。

「現在不會有公車回烏特里希豪森，」英格麗喊著對揚娜貝塔說道：「下班公車還要一個半小時之後才來。我要打電話回家，讓他們來接我。」

教務處前方現在也擠滿了人。輪到英格麗打電話時，已經過了好一會兒。揚娜貝塔本想到英格麗旁邊待著，卻被人潮推往樓梯口。被人群推擠著走下一階又一階的樓梯時，她必須牢牢抓住麥珂的手臂。周遭的聲音越來越嘈雜。樓下，在出口前的交誼廳有人喊道：「格拉芬萊茵費爾德（Grafenrheinfeld）！警報是格拉芬萊茵費爾德發出來的！」

揚娜貝塔想了想：格拉芬萊茵費爾德？那裡不是有核電廠嗎？

走出校舍時，幾個五年級的小男孩急匆匆地從她身旁跑過去。一群孩子沒有左顧右盼，逕自衝到馬路的另一邊。突然聽到車輪發出尖銳的緊急煞車聲。車上的司機使力按了喇叭，朝著飛奔而過的幾個孩子飆罵。顯然開車的人還不知道發生了什麼事。

揚娜貝塔在踏進斑馬線前停了下來，一時之間不知道是否該跨向前去。

「我現在也沒公車可以回家。」她說。

「那就先一起回我家吧！」麥珂提議。

揚娜貝塔搖了搖頭。

「妳該不會要走路回敘立茲吧？」

「我爸媽今天去士文福了。」揚娜貝塔繼續說道：「我爸今天在那裡有個會議，媽媽和小凱就跟著去外婆家了。他們明天才回來。現在只有梧利一個人在家，我要回去照顧他。」

這時勞斯剛好經過，他也住在敘立茲鎮上。他是十三年級[1]的學生，每天開車上學[2]。

「嗨！揚娜貝塔，」他喊著：「妳要搭便車嗎？」

揚娜貝塔趕緊點頭表示答應，很快和麥珂道別後，向著勞斯的車跑去。

車裡已經有三個男孩要一起搭便車回敘立茲，都是十三年級的學生。揚娜貝塔被安排坐在副駕駛座。沒等她繫好安全帶，勞斯已經踩下油門往前開了。

「可以不用繫了，」勞斯說：「今天妳把兩隻腳都伸到車窗外也沒關係，沒人會管妳的。至少今天警察沒空管妳。」

「學校那麼急著讓我們回家，應該是非常嚴重的核事故了。」後座其中一人說。

「蠢斃了！我車上的收音機剛好壞掉！」勞斯憤憤地說。

聽到「嚴重的核事故」這幾個字，揚娜貝塔這才想起：之前俄羅斯有個核電廠發生事故後，連續好幾個禮拜常聽人提到「核事故」。那時的她還在讀小學，隱約還有印象，當時老師努力說了幾個像是「侖目」（Rem）、「貝克」（Becquerel）和「核輻射」之類她聽不懂的名詞。不過，她倒還記得那座俄羅斯核電廠的名字叫「車諾比」（Tschernobyl）。而且她當時還理解到事情的嚴重性：從那時起無論天空和土地，特別是雨水都因為某種原因被汙染了。所以下雨時，同學到了下課時間也不能到外面的操場去。這種作法當然很合理。但是放學時，正好下著雨，學校還是讓學生淋著受到汙染的雨回家了。第一天揚娜貝塔還哭著不願意離開學校教室，因為：雨水還有毒啊！最後，剛好有個開車的老師住在她家附近，就順便把她載回家。好不容易回到家時，她還啜泣不已，結果被奶奶說她是「小傻瓜」。奶奶還說，雨水才不會有毒，都是老師胡說八道。

現在揚娜貝塔已經十四歲，升上九年級，已經更懂事了。嚴重的核事故，意思是核電廠有輻射物質外洩，而且已經達到足以構成危險的劑量。格拉芬萊茵費爾德就有一座這樣

1 譯註：原文 Oberstufe，指的是十年級以上。舊制則為十至十三年級。二〇一二～二〇一五年間德國為提升國際競爭力，將境內大部分舊制十三年的學校教育調整為十二年修業年限。

2 譯註：德國十七歲可以考取汽車駕駛執照，但未滿十八歲的駕駛須有成年並持有駕照的人隨行，才能上路。

的核電廠。但是到底離這裡有多遠？她就不知道了。

勞斯抄近路開過瑪麗恩街。這樣就能少停四個紅綠燈。這時車子開在一個安靜的高級住宅區裡。不過，這天在勞斯的歐寶老爺車前面竟然有三輛車，而且就算勞斯的車速已經超過時速六十公里，後方的司機仍不耐煩地猛按喇叭。

這時後座的幾人正熱烈討論著格拉芬萊茵費爾德的反應爐種類，以及這種型態的反應爐可能發生的狀況。他們的對話中不斷出現「車諾比」、「三哩島」、「燃料棒」、「冷卻水」或「(反應爐內的)壓力鍋」這些名詞。對揚娜貝塔來說，這四位學長簡直就是核電專家。揚娜貝塔自己對物理這一科不曾特別有興趣過。即便如此，她也知道核電廠潛在的危險性。在車諾比核電廠事故後，她還和父母參加過幾場示威遊行活動。她清楚記得，父母為此和祖父母起過嚴重的爭執：奶奶貝塔和爺爺漢斯葛奧格認為，現代人的生活不能沒有核電，意義上就像現代人的生活離不開汽車和電視機一樣。至於車諾比核電廠的事故只是個意外，和德國的核電廠一點關係也沒有。而且：示威遊行活動又不能改變什麼，充其量不過是給愛作夢的人和唯恐天下不亂的人玩樂的場合罷了。不過，祖父母最氣的還是揚娜貝塔的母親：他們兩人一致認為，父親會去參加示威遊行活動，都是被媽媽帶壞的結果。

「我們從小就教哈特穆做人要腳踏實地，」在一次激烈的爭執中，爺爺說：「結果現在都成什麼樣子了！」

瑪麗恩街通往與尼希格路交會的路口竟然塞車了。這裡一般是不會塞車的地方。

「這下可好了，」勞斯莫可奈何地說：「大家都想開上高速公路。」

揚娜貝塔的父母還曾經是一次反核電公民連署活動的共同發起人。不過，最近眾人好像都忘了車諾比曾經發生過的核災事故。德國境內的核電廠也沒有發生什麼值得一提的事情，至今還是繼續運轉著。於是，後來就沒有人再提過那個連署活動。

「車諾比核電廠的教訓還不夠。」有次聽父親說：「非得要自家的核電廠也發生什麼事了，我們的國人才會願意採取行動。」

揚娜貝塔這時才想到，為何「格拉芬萊茵費爾德」這地名聽起來這麼耳熟了：媽媽曾經將那次公民連署活動的傳單印出來發送，那時揚娜貝塔也幫了忙。傳單上列出了所有德國境內核電廠的所在地，其中一處的地名就叫「格拉芬萊茵費爾德」。雖然揚娜貝塔不是很清楚確切的位置，但可以確定的是，離這裡不遠。

梧利現在應該也在放學回家的路上，揚娜貝塔不安地想著。她順手搖下車窗。這時聽到車外有捲門啟動的聲音，接著看到一群人從一棟房子裡衝出來。街道的另一側有個女人帶著兩個孩子，她一隻手臂抱起一個孩子，另一隻手則牽著跟在她身後的另一個孩子。有人打開了一樓的窗戶，一隻貓被驅趕出來。

揚娜貝塔一行人終於過了交叉路口，往富爾達市北邊的葛雷瑟切區方向駛去，一路上對向來車寥寥可數。他們的車倒是不斷被後方的來車超車，而且他們的車都還沒開到葛雷瑟切區，後方一整路的車輛已經大排長龍。

「這些車都開鄉道，因為高速公路很快就會塞住啦！」後座中的一人說道。

「必要的話，我們就用飛的吧！」勞斯說。

因為揚娜貝塔的父親曾經受邀去搭機，飛過敘立茲上空，所以揚娜貝塔知道勞斯的父親有架輕航機停放在附近韋恩格斯村的小型機場上。

「我敢說，我家裡的人也一定在打包行李了。」後座有人說：「一群一天到晚擔心東擔心西的人。尤其我奶奶，肯定會把一些最莫名其妙的廢物都放進行李中，像是什麼床頭燈啦、除草的鐮刀之類的。」

揚娜貝塔不禁想起自己的兩個祖母：外婆喬和奶奶貝塔。外婆以前在士文福市當護理師，每兩個星期就有一個周末要在示威遊行活動中度過。她嚴守常掛嘴邊的那句口號：「我們所有人都必須有所改變……」長年堅持茹素，過著簡單的生活。但是和外婆在一起，讓揚娜貝塔覺得受到重視，因為她可以和大人一起討論事情。此外，外婆家其實有點凌亂，是那種讓人感到暢意、隨興的亂！

奶奶就完全不一樣了。她和揚娜貝塔在童書上看到的奶奶形象一樣。在她身邊當個小孩是很美好的事！最好讓她感覺越小、越幼稚越好。奶奶總有辦法寵溺幾個小孫子，把小孫子們照顧得無微不至，而且，奶奶還會唱很多老歌謠、說很多故事。這些歌謠和故事大多既哀傷又美麗，常讓揚娜貝塔一知半解。但無論再怎麼令人感到難過或覺得恐怖，害怕的事情從來不會真的發生或變得更恐怖，在奶奶身邊讓人很有安全感，因為不會有不好的事情發生。在奶奶眼中，好人和壞人的分際總是非常清楚，最後好人總是會取得勝利，打倒壞人。這點完全可以相信奶奶。總之，從不能在她面前說髒話，像這樣的小事，到衣櫃裡的床單必須擺放整齊等等，在奶奶眼中，所有的事情都得各有規矩。還有，奶奶每次出門散步，就算是晴空萬里的好天氣，也要帶上雨傘。如果不這樣做，她就不是揚娜貝塔的奶奶了。什麼「綠黨」（Die Grünen）對她來說，就是「沒教養」的一群人。遇到爺爺又和父親爭辯政治議題時，她就會退到廚房去。還有，奶奶做的格子鬆餅簡直是世界上最美味的啦！

奶奶和爺爺已經到西班牙馬略卡島（Mallorca）度假一個禮拜了。說不定他們這時候正在棕櫚樹下散步。這時的揚娜貝塔很想念奶奶。雖然奶奶最近常對她生氣，因為奶奶不要才十四歲的她就加入大人的談話，比如在談到政治相關議題時。「好囉！小揚娜。」每次只要揚娜貝塔剛要開始說話，奶奶就會這樣溫柔地喊她。

如果今天奶奶在家裡，會不會也打包一些沒用的東西呢？這點揚娜貝塔也不確定。一方面是因為奶奶畢竟真的經歷過戰時那段艱苦的日子，另一方面，每次只要爺爺說起那段時間發生的事，她總會嚷著：「別說了！我不想聽到任何當年那些可怕的事了！」

揚娜貝塔一行人抵達富爾達河畔的涵盟村時，看到對向路邊停了一部校車。有幾個孩子下車後，向各方奔去。已經有一些媽媽在那裡等候，為了要接幾個年紀最小的孩子，慌張地揮著手。此情此景不禁讓揚娜貝塔擔心起自己讀二年級的弟弟梧利。她不知道弟弟是否回到家了？但就算他回到家，家裡也沒人哪！

「那幾個小朋友看起來一點也不難過啊！」勞斯說。

「他們可高興了吧，不用上學了。」

「希望弟弟已經用最快的方式回到家了。」揚娜貝塔想著：「該不會還要我出門去找人吧……」

本來都計畫好的。一開始媽媽還有點猶豫，是不是真的要把梧利留下來讓姊姊揚娜貝塔照顧。爸爸倒是笑著說：「揚娜貝塔照顧弟弟兩天肯定沒問題，她都要十五歲了呢！」

梧利也希望能留下來，他還保證會聽姊姊的話，把姊姊說的話當作是媽媽說的一樣重視，母親才終於同意讓他留下來。

「我每個晚上都會打電話確認喔！」母親嚴正說道。

結果又招來父親一陣笑，他說：「我們也才兩個晚上不在。星期六晚上我們就回來啦！」

昨天星期四，一切都很順利。梧利上完三節課就放學了。母親出門前把家裡的鑰匙綁上一條紅色皮繩，掛在他的脖子上。梧利保管得很好，沒有弄丟。回家後也很快把作業做完了。揚娜貝塔三個小時後回到家時，他已經削好馬鈴薯，餐桌上也擺好了餐具。到了晚上，媽媽從士文福的外婆家打電話回來，揚娜貝塔得意地向她報告一切都很順利。

「明天別忘了給弟弟帶上點心。」媽媽還如此交代。小凱在電話另一頭用含糊的聲音說著，他和外婆去餵食鴨子的事。最後輪到外婆拿到話筒。外婆說，她完全無法理解，媽媽怎麼會那麼放心不下揚娜貝塔和梧利。還說，她自己十三歲時，她的母親到醫院生第五個孩子，她就必須獨力照顧另外三個弟弟妹妹。因為外婆的父親是職業軍人，還沒來得及申請到休假許可。

揚娜貝塔沒有忘記讓梧利帶上點心出門，他們今晚還打算煎薯餅來吃。這是梧利的提議，他喜歡薯餅，就是讓他吃一輩子，他也非常樂意的那種喜歡。揚娜貝塔又想起：他會害怕嗎？

「這裡離格拉芬萊茵費爾德有多遠？」揚娜貝塔問。

同車的人有的說七十公里，也有人認為是八十公里。他們說的是直線距離。揚娜貝塔知道，這簡直是微不足道的可笑距離。想當初，車諾比離這裡不是一千五百多公里嗎？

「你忘了把風向考慮進去了。」勞斯說：「還是要看風向決定。只有東南風才可能對我們造成危害，幸好我們這裡幾乎不吹東南風。這裡的風幾乎都是從西邊吹過來的。」

「這樣的話，當初那些被車諾比核災汙染的空氣是怎麼到我們這裡來的？」揚娜貝塔問。

眾人一陣沉默。接著又聊起地球自轉和高空氣流作用可能帶來的影響。

「真是太蠢了！我的收音機就這麼剛好壞了！」勞斯說：「廣播肯定每五分鐘就會報一次風向。」

「那也未必！」有人答道：「剛開始那些人一定會盡力避免引起恐慌。我告訴你們，他們會怎麼做：我們會持續聽到：不必慌張，一切都在掌握中。有句口號說：『保持冷靜是公民首要義務』。」

「我們何不停車試一下風向呢？」揚娜貝塔問。

勞斯馬上把車停在一座水塘前的停車區，然後下車拿出面紙探測風向。

「哎呀！現在吹東南風啊！」

他忙不迭地鑽進車裡，搖起車窗，大聲按了喇叭開道，返回剛才北上車陣位處的鄉道上。

「如果真的是東南風，」後座有人發難：「那些髒東西大概兩個小時後就會飄到這裡了。」

「別說沒用的話了！」勞斯憤憤說道。

「是沒用的話嗎？我們從富爾達到這裡就用了二十分鐘。而且誰知道到底是什麼時候發生事故的？搞不好都幾個小時前的事了！如果是那樣，我們周圍的空氣早就被汙染啦！」

他們靜默地開過更北的哈特斯豪森村。一輛農用的曳引機拖著空的施肥車，從田裡緩緩開進幹道，一個女人激動地向開車的人揮手示意。駕駛室旁有個小簾子晃了晃，好像在說：沒人願意動啊！

揚娜貝塔試著在腦海中想像一張地圖，格拉芬萊茵費爾德應該是在東南方的位置。

噢！不！她一向不擅長地理這個科目。不久前她還猜錯艾朗根市的位置，硬把這城市擺到兩百多公里外的奧登瓦德山附近，讓她父親忍不住搖頭。此時揚娜貝塔想提問，又怕說出口被人取笑自己問了蠢問題。

他們的車終於開到伊勒斯豪森村。這是抵達敘立茲鎮之前的最後一個村子了。這裡看到有人拖著行李走出家門，放進車子裡。正當揚娜貝塔想提出她的問題時，這時已經有了答案。

「士文福現在應該已經開始唱空城計了吧？……當然啦，前提是防災措施都正常運作。」

「為什麼士文福要唱空城計？」揚娜貝塔不無驚恐地問道。

「妳問的是什麼問題……」勞斯邊回答邊緊張地咬了咬自己的下嘴唇，接著說：「因為士文福就在格拉芬萊茵費爾德旁邊不是？對啦！也可以說格拉芬萊茵費爾德在士文福旁邊，隨妳高興怎麼擺。」

揚娜貝塔此刻屏住呼吸。

「如果是嚴重的核事故，連什麼防災措施都不用想啦！」揚娜貝塔聽到後座一個男孩說：「到那時，士文福需要的就是挖墓地的人力和骨髓移植專家了吧！」

「只有士文福這樣嗎？你確定？」勞斯黯然地問。

「士文福……我爸媽今天都在士文福。」揚娜貝塔喃喃道。

四個男孩都沉默不語。

他們的車開到普佛特丘陵，揚娜貝塔想起自己的父母。她想到父親臉上有著深色的鬍子、略偏瘦的身材、曬成古銅色的膚色、笑起來臉上會出現一些細小皺紋，尤其是在眼角的地方，又想到母親：她比父親高三公分，金髮、褐眼、愛笑，而且總有辦法做出超乎他人意料之外的事。

「或許他們還能及時逃出來。」後座有人說。

揚娜貝塔感到一陣心驚，想到家裡最小的成員小凱也在士文福。他還不到三歲呢！全家人都很疼他！還有外婆！

好像有什麼可怕的事情發生了，但一切看來還是一如往常的平和寧靜：依舊是個溫暖、有微風的尋常春日。樹上的櫻花都快掉光了。這個季節，各個村落周邊的蘋果樹都開滿了花，油菜花田是一片耀人眼目的橙黃。而且，再過兩個星期就是聖神降臨節。

「活下來！」揚娜貝塔想著：「拜託，你們都要活下來！」

她用指甲鑽著手臂上的肉，這是一種以痛制痛的方法。當她還是小女孩時，她就用這種方式撐過牙醫的鑽牙治療。

他們終於抵達敘立茲鎮。勞斯家就在最前排的幾棟房子裡面。他母親很快衝到車前，使勁打了停車的手勢。

「勞斯不能載你們回家了。」她大聲說道。

揚娜貝塔下了車，此刻的她像被麻醉一樣恍惚。三個男孩從她後方的座位魚貫而出，急匆匆地留下：「拜囉！」的道別聲。揚娜貝塔要低語道謝時，勞斯已經跟在母親後面跑開了。

揚娜貝塔抬頭望向敘立茲鎮上方的山坡，她家的房子就在那上頭。梧利應該已經在家等她了吧！大概是十分鐘的距離。如果她用跑的，大約八或七分鐘就可以到家。這樣想時，她已經跑了起來。

第二章

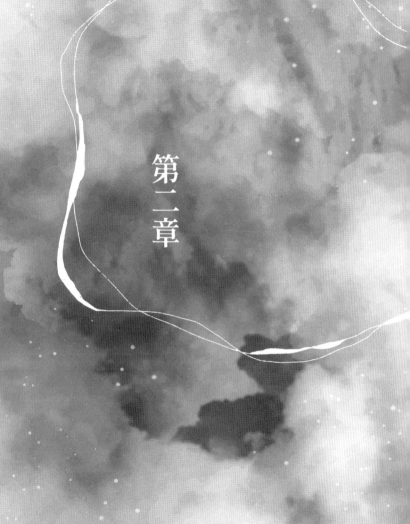

就在那裡、那群樺樹後方的一片綠意中，有棟山形牆樓面的房子就是揚娜貝塔的家。陽光正映照在揚娜貝塔房間的窗戶上，再往上就是祖父母房間外的陽台。今年陽台上的天竺葵開得特別茂盛，那可是奶奶的驕傲。

爺爺奶奶會從報上得知一切。

梧利出現在樓下的陽台上，揮著手說道：「學校讓我們回家！」他喊道：「說是空氣裡面有毒！而且還很毒！剛才小慕阿姨來過電話，說我們最好待在地下室。還有，我已經刨好馬鈴薯絲了！」

從陽台門的內側傳來悠揚的古典樂聲，看來梧利已經打開收音機了。揚娜貝塔奮力爬上陡坡，每一步都跨上了更多台階。梧利幫她開了門，進門後她隨即拋下書包，衝進客廳。「收音機裡一直在說什麼雲的，」梧利激動地報告說：「還說那些雲有毒，可是我聽得不是很懂。」

音樂太大聲了，以至於揚娜貝塔聽不清他說的話。揚娜貝塔跑進廚房把收音機關小聲。

「我知道發生了什麼事。」她說。

「以前電視上也播過，」梧利說：「好像是有什麼爆炸了，然後……」

「只有小慕阿姨來過電話嗎？」揚娜貝塔打斷他的話。

「電話後來還有響過一次，可是那時我正在地下室拿馬鈴薯。等我上樓時，電話就不響了。」

「一定是爸爸打來的，」揚娜貝塔說：「不然就是媽媽。為什麼你沒有馬上跑上來接電話呢？」

「啊？妳要我滿手馬鈴薯衝上樓接電話？」

「你！真是不知變通！」揚娜貝塔吼道。

「我們明明說好要做煎薯餅的呀！」梧利語帶埋怨地說。

揚娜貝塔跑去拿起話筒，撥了外婆家的電話號碼，那是一組士文福區碼開頭的號碼。但是她只聽到撥號聲，還有自己沉重的呼吸聲。梧利擠了過來，也想聽電話，兩人的頭差點撞在一起。揚娜貝塔掛上電話，重新撥了小慕阿姨家的號碼。小慕阿姨，也就是阿慕特，是她最喜歡的親人，她是母親的妹妹，職業是教師，和同為教師的賴哈德結婚。兩人在哈默堡教書，但是住在巴特基辛根。她撥給他們的電話一樣沒人接。當然，這個時間小慕阿姨和賴哈德應該還在學校才對。揚娜貝塔的腦子裡突然冒出一個不好的想法：哈默堡和巴特基辛根這兩個城鎮不是也在富爾達南邊嗎？總之，她可以確定每次他們要去小慕阿姨家作客時，一定都會經過富爾達。

她從書架上拿出地圖集，快速地翻頁，一直翻到她想找的那一頁。

「我去刨馬鈴薯絲。」梧利有點不服氣地走進廚房。

揚娜貝塔俯身檢視了地圖：哈默堡和巴特基辛根都離格拉芬萊茵費爾德很近。她試著整理腦海中的印象。距離只有二十公里！小慕阿姨來過電話，告訴他們最好待在地下室，所以現在她自己可能也窩在地下室嗎？小慕阿姨剛好有孕在身。

「廣播又在報了！」梧利在廚房大聲喊著。

揚娜貝塔跑了過去。梧利轉動旋鈕，把收音機的聲音開大一點。突然變大的音量，讓整個空間隆隆作響：「**下法蘭肯暨烏茲堡行政區的災難指揮中心宣達以下措施：目前傳出事故的格拉芬萊茵費爾德核電廠有輻射外洩的情況。為安全起見，對核電廠周邊幾個地區採取必要的防範措施，以保障民眾安全。請以下地區的民眾盡速撤離……**」[1]

「廣播說什麼？」梧利問道。

「別說話！」揚娜貝塔回答。

她聽到廣播提到士文福，還有巴特基辛根和哈默堡，另外還有一長串的地名。她把廣播聲音調小一點。收音機旋鈕上還黏了幾根剛刨下的馬鈴薯絲。

「請有車的民眾協助載送居處附近的年長者或行動不便者，以及攜帶兒童的婦女前往最近的管制站點……」揚娜貝塔繼續聽到：「沒有交通工具的民眾，請盡速前往附近的學校、體育場館、社區活動中心、教堂或集會場所等候接駁。離開住處時，僅須攜帶必要用品，像是……」

剛才是巴伐利亞公共廣播電台第三台，揚娜貝塔試著想找到所在地黑森邦的電台。在收音機聲音暫停的空檔，從敞開的陽台門外傳來外頭警車擴音器的聲音。梧利已經跑到陽台上，揚娜貝塔馬上跟了過去。他們靠在欄杆上。兩個孩子可以清楚地看到警車沿著站前路一路開過去。

「請注意！請注意！這是警方廣播！今天上午十點左右，鄰近士文福的格拉芬萊茵費爾德核電廠發生技術性意外。為了民眾健康，請敘立茲鎮及整個佛格斯貝格縣內的居民留在室內，並緊閉所有門窗。

同時請關閉排風系統與空調設備，盡可能暫時只食用家中現有的罐頭、玻璃罐密封食品，或真空調理包。有飼養牲畜的民眾，請將家中牲畜移至室內或關進柵欄裡，並只餵食儲

1 原文註：粗體字的段落取自官方正式的防災計畫書，僅做少許更動。

放在家中、穀倉或柵欄裡的飼料。請開啟家中收音機或電視，並告知同住家人以上資訊。目前都只是預防措施，請大家不必恐慌。保持冷靜、提高警覺，耐心等待後續其他防災措施的通知……」

廣播的聲音到這裡就停住了。

「小慕阿姨也說了同樣的話，」梧利說道：「她也叫我們留在地下室和關上所有門窗。但是其他人都要開車離開了！」

梧利指了指外頭小鎮上的情況。外頭傳來各種聲響：與站前路相交的所有路口都塞車了，汽車的喇叭聲此起彼落。連接站前路，從富爾達過來的道路上，車輛更是大排長龍。信用合作社前方有兩輛車撞在一起。揚娜貝塔聽到呼救聲，但人群並沒有像以往一樣聚集過來。通往佛格斯貝格縣轄的勞特巴赫市的分岔路上也有行車糾紛，但是經過的車輛只是繞道，壓過人行道再繼續往前開。另一條同樣往勞特巴赫市方向的西行道路上也充滿了車潮。但是最繁忙的莫過於往北的交通。顯然許多人都想開上連接烏茲堡與卡塞爾這兩大城市的高速公路。

自家車庫對面的下方山坡，索爾陶一家正準備上車。車上看起來已經堆滿了行李，蓋伯特老夫人擠在塞滿大小提袋和紙箱的後座，索爾陶太太則把頭伸到車窗外。

「你們該不會還想留在家裡吧？」她往揚娜貝塔家大聲問道。
「那個什麼的隨時都會飄散到這裡啊！」
「關好窗子！」揚娜貝塔聽到索爾陶太太大聲說道。
索爾陶太太的頭縮回車內，並關上車窗，車子沿著山路開往山下，不久就消失在山壁後方。
「他們為什麼要離開？」梧利問。
「他們怕啊。」揚娜貝塔回答。
「那我們也要離開嗎？」梧利又問。
揚娜貝塔試圖保持鎮定。她嚥了嚥口水，才說道：「不用。」但她說話時並沒有看著梧利。
她試著釐清當下的處境——事實是，他們現在只有腳踏車。他們騎腳踏車有辦法避開東南風嗎？她看了一下鄰居院子裡的落葉松枝條，只見那些枝條隨風揚起又沉下。看來風勢並未減弱。不過，有沒有可能風向已經有所改變了呢？她舉起隨身帶的面紙，看到面紙往西北方飄動。或者應該說，比起向西吹，往北更多些。
她想到核災避難所，想到或許他們真的該退到地下室去。

「我們還要繼續留在這裡嗎？還是離開比較好？」梧利催促著說：「如果我們留下來，我要去把那些馬鈴薯絲刨完。我餓了……」

小慕阿姨提醒過他們要躲到地下室去，剛才的警察廣播也是。爺爺和奶奶用來儲糧的地窖應該是最適合的地方了，位置就在這棟房子的後牆邊，深深埋在山坡下方。奶奶在地窖裡放了很多罐頭、裝滿醃漬物和果醬的密封玻璃罐，還有好幾袋麵粉、奶粉、糖、麵條。重要的是，都是些經久耐放的食物！而且奶奶還會隨時注意是否有任何短缺的狀況。爺爺總說，奶奶應該和松鼠一樣，有囤積情結。父親也對揚娜貝塔說過，自己的母親是在世界大戰期間養成囤積食物的習慣。在當時，那確實是正確而且必要的做法。

揚娜貝塔看了一眼手錶，時間是十二點零二分。從她離開學校到現在已經過了六十三分鐘。

「我們留在這裡。」她心意已決地說：「到地下室去。」

梧利點了點頭後，又想走回廚房。揚娜貝塔只好跟他解釋，現在已經沒有時間可以刨馬鈴薯絲了，讓梧利拿好要用的餐具和餐盤帶到地下室去。她自己則把整個房子巡過一遍，確認已關上所有門窗。奶奶的儲糧地窖沒有對外窗，只有通往隔壁地下室的一個小通風口。揚娜貝塔謹慎地關上這處通風口。

梧利再度調大廚房裡的收音機音量，瞬時間連地下室都能聽到新的廣播通知：「所有**巴伐利亞北部和黑森邦東部的居民，請注意！在接到有關當局的要求前，請勿離開住處。現正疏散所有受到嚴重危害地區的居民。不依規定的外出行為，將影響交通的順暢度以及進行中的疏散作業。為確保交通順暢，有利疏散作業順利進行，警方將依規定對所有違法行為採取嚴厲的反制措施。務請遵守相關規定！**」＊

「關掉，」揚娜貝塔往樓上喊道：「不然萬一電話響了我們聽不到！」

梧利關掉收音機，頭上頂著一個大碗，另一手拿起一個鍋子，裡面放滿了餐刀、叉子、湯匙和一把開罐器，走到地下室去。揚娜貝塔急忙衝進梧利的房間，從櫃子裡撈出牛仔褲、幾件內衣褲、T恤、兩件毛衣，並把這些統統塞進一個大塑膠袋裡。接著掀開梧利的床鋪，拉出被子和枕頭，把這些東西全都拖下樓，放在地下室入口前方。然後她又跑上樓，把梧利的床墊也拖到樓下，焦急地想著，除了寢具、衣服和食物，他們在地下室還會需要什麼東西。或許還需要一些蠟燭？畢竟可能停電。順便帶上幾本書、記憶訓練遊戲的紙卡和桌遊，還有梧利的玩具，尤其是他的泰迪熊。沒有那隻泰迪熊，梧利就無法入睡。對了！水！好像還必須帶些水！

她又上氣不接下氣地取了自己的寢具。「如果我們想上廁所怎麼辦？」梧利在地下室邊說著，邊把他的床墊拖到奶奶存放馬鈴薯的木箱旁，接著又在上面鋪上自己的羽絨被。

揚娜貝塔倒是還沒想到這裡。到時他們還能上樓到屋子裡上廁所嗎？或者，該在地下室準備一個有蓋的桶子？到時候發臭起來他們受得了嗎？這時電話響起。揚娜貝塔衝進客廳。電話另一頭是鄰居尤丹太太。

「哎呀！天啊！只有你們兩個孩子在家嗎？」她問：「我從陽台上看到你們兩個。我們馬上就要出發了。你們過來我們這裡吧！車上還有位置。」

「不了。」揚娜貝塔回說：「我們應該待在家裡。我們會到地下室去。」

「你們爸媽是這樣說的嗎？」尤丹太太問到：「他們最好知道自己在做什麼！」

尤丹太太說完就掛上電話。

「這人怎麼這樣就生氣了呀！」揚娜貝塔在心裡嘀咕。

她都還沒走到樓梯間，電話又響起。這次是媽媽打來的。

「揚娜貝塔！」媽媽的聲音透露著一股不尋常的氣氛。「是妳嗎？謝天謝地！我打過兩次電話都沒人接……」

「我剛回到家。」揚娜貝塔繼續說：「我們真的要待在地下室嗎？其他人都開車離開了！」

「不！」媽媽大聲說道：「不要待在地下室。你們在那裡不安全！遭到汙染的空氣會到處流竄。你們一定要趕快離開。看能不能搭索爾陶家的車離開……」

「他們一家人已經走了。」揚娜貝塔說。

「要不然……尤丹家，或是霍夫曼家、曼侯特家都可以！打電話給他們，問看看能不能帶你們倆一起走。他們肯定會答應的！他們只是不知道只有你們兩個人在家，不然他們一定會把你們帶上。」

「好吧！媽，那我打電話問看看。」揚娜貝塔說：「那之後我們到哪裡見呢？」

「我書桌上的通訊錄帶著，」媽媽說：「那裡面有全部用得上的地址和電話。妳最先要聯絡的人是住漢堡的黑兒嘉姑姑，知道嗎？還有，帶點錢在身上，才不會什麼東西都要跟人家要。左邊抽屜裡有錢！現在就去拿，你們要盡快離開！我打電話的硬幣也快用完了。」

「妳不是從外婆家打電話的嗎？」揚娜貝塔驚訝地問。

「我們在火車站等候疏散。」媽媽說：「這裡加開了特別列車。下一班車或再下一班車應該就輪到我們上車了。」

揚娜貝塔聽到小凱的哭聲。

「那爸爸呢？」揚娜貝塔問這話的同時，察覺到自己的心臟猛烈跳動。

「發出警報時，他還在開會。」母親慌張地回答：「在這裡他是找不到我們的。他一定早就離開了。」

「外婆呢？」揚娜貝塔大聲問道。

「別再問下去了！孩子呀！這些都是在浪費時間！」母親喊著，馬上又提高音量說道：「外婆現在應該隨紅十字會在哪裡展開救援行動。警報後他們馬上就來電話了。這裡的情況非常混亂……」

「可是那些被輻射汙染的雲早就飄到你們那裡的上空了。」揚娜貝塔也嚷了回去。

「趕快離開！」母親吼著：「趕快離開！天啊！……」

這時通話中斷。話筒裡傳出沙沙響的訊號聲。揚娜貝塔還把話筒放在耳邊一陣子，才掛上電話。

「什麼事？」梧利滿頭大汗地從地下室跑上來，問道：「誰打來的？」

「是媽媽。」揚娜貝塔說：「她要我們別待在地下室，說我們應該搭其他人的車離開。」

她跑上陽台，靠在圍欄上向外看。尤丹一家已經離開了。她鬆了一口氣回到電話旁，撥了電話到曼侯特家。但是沒人接聽。

「那我們到底為什麼要把一堆東西搬到地下室去呀！」梧利責怪道。

揚娜貝塔又打電話到霍夫曼家。接電話的是霍夫曼家的緹娜，她是揚娜貝塔小學的同班同學。

「我們要留在這裡。」緹娜說：「待在地下室。來我們這裡吧！我把電話交給我媽媽跟妳說，好嗎？」

揚娜貝塔不想和緹娜的媽媽說話。

她簡短道別後就把話筒丟回電話座。

「我們自己走！」揚娜貝塔說：「騎腳踏車吧。」

梧利的神色馬上開朗了起來。他最喜歡騎腳踏車了。揚娜貝塔要他去地下室拿那袋裝了換洗衣物的塑膠袋，再穿上外套。接著把自己書包裡的東西都倒出來，從衣櫃裡拿了一件褲子、一件T恤和幾件貼身衣物塞了進去，又塞進從冰箱取出的一袋切片麵包和一包切片起司，也不忘把媽媽的錢包和通訊錄裝進書包前面的拉鍊袋。看到梧利緊緊抱住心愛的泰迪熊，揚娜貝塔只能無奈地點點頭。不把泰迪熊帶著，梧利是怎樣都不會一起走的。最後，揚娜貝塔很快去把陽台的門關上，撈起自己的外套，和梧利走出房子。她催促梧利加快腳步。兩人跑下樓梯，把各自的腳踏車從車庫推出來。揚娜貝塔把塑膠袋、泰迪熊和外套綁在梧利腳踏車的行李架上，再把書包掛上自己的腳踏車行李架，兩人終於出發了。

「你在後面跟緊我啊！」揚娜貝塔回頭對梧利大聲說。

揚娜貝塔瞥一眼手錶上的時間是十二點四十四分。距離聽到警報響起還不到兩個鐘頭，但這段時間感覺就像過了一輩子那麼久。

就在坡道小徑即將進入大馬路前，梧利突然激動地喊著：「我們走了誰來餵可可啊？」

「可可」是爺爺養的虎皮鸚鵡。牠的籠子就掛在爺爺奶奶的起居室裡。梧利曾經保證過會在他們去馬約島度假期間，定期餵食可可並好好照顧牠。目前為止他也確實做到了，甚至在今天上午開始刨馬鈴薯絲前，他還餵過可可。

「沒人能餵牠了。」揚娜貝塔大聲回道：「而且現在這件事也不重要了。」

「這件事當然很重要！」梧利氣呼呼地嚷著。

梧利旋即踩下煞車，跳下車，把車頭轉向。

「停住！」揚娜貝塔追趕上去，對梧利訓斥道：「你就繼續騎在我後面！聽到沒有！你真的不知道事情有多嚴重，你這個笨蛋！」

梧利哭了起來。他重新騎上腳踏車，只是現在他乖乖跟在揚娜貝塔後面。

第三章

他們費了一番氣力才穿過站前路。雖然南向的車道幾乎是空的，但北向車道上的車是一輛接著一輛。揚娜貝塔擋在車道上，好讓梧利可以安全通過，到車道的另一邊去。這時有個駕駛不耐煩地按著喇叭，是揚娜貝塔認識的人：米特納先生。他在桌球俱樂部訓練初學者，是個親切又有耐心的人，但現在從兩個孩子身旁疾馳而過時，卻是惡狠狠地往車窗外怒目瞪視。要以不到一公尺的距離沿著車陣騎腳踏車並不容易。車上的駕駛看到騎腳踏車的人也不會因此小心地閃過，所以兩個孩子左側不斷傳來經過的車輛按鳴喇叭的聲音。

揚娜貝塔讓梧利騎到她前方，這樣自己的視線可以看到他。

離開敘立茲鎮的市區後，來到胡茲村。那裡的巷弄到處是空蕩蕩的景象。有幾輛車正排隊等著插入主幹道的車陣。有條狗跟在一輛車旁邊跑邊吠叫。那輛車很快就消失在遠方，留下那條狗最終放棄追跑，在原地淒苦地嚎叫著。梧利不得不緊急煞車，才不至於撞到那條狗。梧利想去安撫那條狗，狗兒卻猛地作勢要咬他，揚娜貝塔也催促他加速前進。

「和對待可可一樣、完全像對待可可一樣的做法。」梧利說著，揚娜貝塔看到他又流下眼淚。

一路上他們遇到許多認識的人。各家的孩子從開啟的車窗向他們打招呼：「喂！揚娜貝塔！喂！梧利！」從他們身旁開過去的是海巴赫、艾格林、舒密特、特雷太納這幾家人。

「揚娜貝塔！」特雷太納太太朝兩人喊著：「你們爸媽去哪啦？怎麼能讓你們兩個孩子在這裡……！」

揚娜貝塔還看到，她似乎在和自己的丈夫商量什麼。

接著又看到牙醫、信用合作社裡親切的辦事員開車過去，還看到那個親切的肉鋪女店員，每次梧利和小凱跟著媽媽去店裡買東西時，她總會送上幾片火腿切片給孩子當零食。梧利的女老師經過時向他們揮了揮手。郵差也開車經過，只是這次是開著自家的車子，不是黃色的郵務車。有些人認出兩個孩子時，刻意撇頭當作沒看到，也有些人一臉同情地聳聳肩，表示愛莫能助。因為車裡裝滿行李，都滿到車頂，沒位置了。

加油站前等候加油的車輛已經並排成兩列，排了兩排車潮。陽光從無雲的晴空照射下來，根本如夏日般溫暖。梧利哀求著，說自己口渴了。揚娜貝塔在胡茲村和奎克村之間的路段停下來，讓梧利從一處小水溝中取水來喝。至於水到底乾不乾淨，都這時候了還那麼重要嗎？揚娜貝塔自己也喝了一些。她用手捧著水喝，順便用水潑溼自己的臉，讓自己打起精神。

「繼續走！快點！」揚娜貝塔催促著。

「我又還沒看到什麼雲！」梧利一邊不高興地說道，一邊重新跳上腳踏車，奮力往前踩去。

車子一輛接著一輛開過去，看車牌都是附近的車：富爾達、佛格斯貝格、薩勒河畔的巴特諾因斯塔特、巴特基辛根，偶爾還有幾輛掛著士文福車牌的車。家用車、貨車、廂型車和摩托車都有，一度還有一架警用直升機飛過路面上空。從緊閉的車窗裡不時傳來收音機的聲音。

揚娜貝塔注意到一輛老舊的福斯高爾夫車款的車。那輛車的車頂行李架上綁了一個坐便椅。以前奶奶住院時，也用過這樣的坐便椅。揚娜貝塔試著往車內看，想看看車裡的人，但車窗玻璃反光，而且車子也開得太快了。

奎克村、林巴赫、上威格福，這幾處都是景色幽美僻靜的小村子。沿著富爾達河谷這段路較平坦，非常適合騎腳踏車。只是才剛過了林巴赫村，梧利就開始喊累。揚娜貝塔因此不得不隨時催著他騎快一點。這時已經一點二十五分了。

「我一定要休息一下。」梧利哀求道：「五分鐘就好。我的膝蓋好痛呀！而且我餓了。」

揚娜貝塔不停催他繼續往前騎，直到梧利終於在林巴赫往上威格福的半路上哭了出來。這裡離他們要去的目的地巴特赫斯菲爾德鎮還不到一半路程。揚娜貝塔的想法是，和梧利騎腳踏車到那裡搭火車，因為她知道那裡有城際快車開往漢堡。父親的妹妹黑兒嘉就住在漢堡。

「你就是個愛哭鬼！」揚娜貝塔說。不過她還是讓梧利休息五分鐘，並取出切片麵包和起司。梧利馬上跳下腳踏車，把車子拋在草地上，接著自己就倒在一旁。揚娜貝塔遞給梧利一份麵包夾起司。梧利接過麵包後，猛地往嘴裡吞，站在他身旁的揚娜貝塔只是緊張地盯著他看。

「吃快點！」揚娜貝塔催促道。梧利的頭髮凌亂不堪，髒兮兮的臉上盡是汗水和灰塵。而且他看起來就像隨時可以馬上睡著，兩眼都快闔上了。

揚娜貝塔看向南方的天空。接著她發現，背後車陣的速度突然變慢許多。梧利也抬起頭來。

「塞車了。」梧利說。

「來吧！」揚娜貝塔說：「這時候就輪到我們比他們快了。車裡的人只能看著我們從他們身旁咻、咻騎過去。」

聽到揚娜貝塔這樣說，梧利的精神為之大振。他跳上腳踏車，奮力踩著腳踏板。揚娜貝塔幾乎跟不上他的速度。他志得意滿地對著車窗做了鬼臉。這時身旁的車隊速度更慢了，幾乎只有步行的速度。有個母親正在罵一個和梧利差不多年紀的小男孩，因為那個小男孩在車輛行進間開了車窗向外撒尿。有個駕駛對另一位駕駛示警抗議，因為那位駕駛才剛超車現在又想要重新插入車隊。有個女人搖下車窗，情緒激動地指了指南方的天空，大聲喊著：「那裡！那裡！飄來了！」那女人還說，她聞到了奇怪的味道。有嬰兒哇哇哭了起來，女人把幾個孩子抱得更緊。另外還看到一部車上有人在禱告。

當揚娜貝塔和梧利快要進入上威格福時，車陣才又開始動了起來：幾輛車向右開出車陣，加速開過富爾達橋，在河的另一側復又往北開去。揚娜貝塔非常了解附近河谷的地勢，好歹她也是巴特赫斯菲爾德童軍團的一員。從兩年前開始，每個星期五她都要搭巴士經過這段路，夏天天氣不會太熱時，她也會騎腳踏車走這段路。

「我們也騎過那座橋嗎？」梧利往回喊著。

揚娜貝塔否決了這個提議。對岸河谷陡坡往北的鄉道很狹窄，如果騎那條路，他們應該會被路過的車輛擠到邊坡下吧！

他們現在所在的這條幹道上，車陣已經排成兩行，以農機的速度並排前進。對向已經沒車了。這時候還會有誰想要迎向受到輻射汙染的雲往南行呢？

兩個孩子又看到那張坐便椅，這次它被留在路邊。有個穿花色睡衣的老婦人正坐在上方，另一個較年輕的婦人俯身向她，保護她不被其他人好奇的眼光窺視。坐便椅下方並沒有掛上桶子。老婦人不停地唉聲嘆氣。

梧利的泰迪熊在上威格福和下威格福之間的路段掉出行李車架，揚娜貝塔花了一點工夫才把泰迪熊重新掛上車架。她在心裡暗暗咒罵了那隻絨毛玩具熊。

接著來到橫跨富爾達河谷的高速公路高架橋前方。

不過，揚娜貝塔和梧利並沒有往上看。此刻他們正忙著辨認不久前超過他們的幾輛車。剛過下威格福時，他們騎著腳踏車接連又經過超市老闆、郵差、梧利的女老師、肉鋪女店員等人。

「這一路上只有你們兩個人嗎？」梧利的老師把車窗開出一條小縫隙問道。

看到梧利點頭，她喊道：「上車！你們可以坐在行李箱上面，稍微低下頭，應該還坐得下。」

「不用了。」梧利回說：「我們騎腳踏車還快一點。」

看到前方從敘立茲附近的幾個村子出來的路交會到六十二號省道的地方，揚娜貝塔終於知道車流如此龜速的原因。目前為止的併排車陣，到了高速公路匝道口就塞住了。這時她往高速公路高架橋的方向看去，才發現高速公路上現在只能單線行駛。而且，往富爾達，經過士文福再到烏茲堡的南下車道，有逆向行駛的車輛。

「你看高架橋那裡！」揚娜貝塔對梧利喊道：「都是些逆向行駛的三寶駕駛！」

從六十二號省道進入高速公路匝道口有幾名警察試圖整頓交通，但是只有少數駕駛願意遵從他們的指揮。幾個警察穿梭在車陣間焦急地叫喊加上手勢指揮，這時候看起來反而有點可笑。揚娜貝塔感到詫異：目前為止，她還沒看過警察如此慌亂。一直以來，她總是對警察懷著崇高的敬意。

高速公路匝道口的車流一點動靜也沒有。高速公路上車與車之間的行車距離很近，下方匝道上來的車輛很少有機會能插入車流。高架橋下的分岔口情況越來越混亂。一輛小車款的飛雅特被擠到路旁邊坡，車內駕駛座上的女人絕望地尖叫著，後座三個小孩也跟著大哭了起來。另外有兩輛車撞在一起，但是沒有人前去關心，這兩輛車顯然都已經被它們的主人遺棄了。所以想要上高速公路的車輛，經過這兩輛嚴重毀損的車子時必須繞道而行。

梧利停下來左顧右盼。揚娜貝塔催他動起來時，他卻發起脾氣。

「妳看到什麼雲了嗎？」他喊道：「別管我！」

「那種汙染是看不見的，」揚娜貝塔說：「所以我們看不到。」

梧利遲疑地望向天空，重新騎上腳踏車。於是，兩個孩子繼續前進。

有幾輛原本已經開進高速公路入口匝道的車，這時突然轉向開到邊坡草地上，接著往巴特赫斯菲爾德的方向繼續開去。從這個方向開去，會先經過下奧拉村，那是一段既寬闊又平坦的路，說是條件絕佳的賽車道也不為過。只是此刻，這條路上的車流也很難超過時速五十公里，整個車陣排成兩排緩慢向北前進，不久後又出現第三排車流。一輛從下奧拉村方向駛來，往南獨行的福特，這時候也不得不艱難地在道路邊坡尋隙前進。

揚娜貝塔隨時注意著梧利。他騎得越來越慢，而且不時出現抓不穩車頭手把，導致突然蛇行的危險情形。揚娜貝塔為他感到不安，不捨地看著自己的弟弟都流汗成什麼樣子了！現在只有輕柔柔的微風拂過，對比長途騎腳踏車的努力，整個空氣令人感到燠熱難耐。梧利的襯衫已經從腋下到背都濕透了，外套早就被他夾在行李架上了。

進到下奧拉村前，揚娜貝塔看到有人把頭伸出車窗外，聽到他們大聲布達一個可怕的新消息：南方有暴風雨正在他們後方朝這裡移動。而且剛才有報導，格拉芬萊茵費爾德到巴特赫斯菲爾德鎮之間，整個可能受到輻射外洩影響的五十公里範圍，都將進行疏散作業。廣播提到，這只是為了避免任何可能風險所做的預防措施。

「那裡！」梧利邊大聲說著，邊指向南方：「都可以看到那些雲了！」

從梧利的喊叫聲和廣播中，揚娜貝塔快速得到資訊，了解了目前的處境。

「真的單純只是預防措施而已嗎？」揚娜貝塔聽到一個年輕男子的聲音說：「我可笑不出來！搞不好那什麼輻射雲早就飄到我們頭頂上了。」

「現在誰說什麼我都沒法信了。」這聲音是從一部農機拖車上一個婦人那裡傳出來的，那個婦人身旁還有幾個孩子趴在一堆行李上。當拖車行經揚娜貝塔和梧利兩人時，婦人向兩人喊道：「就你們兩個人嗎？上車吧！我們這裡的位置還擠得下兩個人！」

揚娜貝塔道謝之後搖了搖頭。畢竟這時候，他們騎腳踏車似乎還更快些。再說，他們也不清楚農機上的人到底要去哪裡。但是她和梧利的目標很明確：到巴特赫斯菲爾德的火車站。

此刻下奧拉村的景象就像被擾動的螞蟻窩。道路兩旁隨處可見到有人把行李拖上車，或是男人正在固定車頂行李架上的行李，小孩子在一旁興奮地奔來跑去的畫面。揚娜貝塔看到一棟房子前停了一輛福斯廂型車，車頂上裝滿了行李箱和羽絨被。兩個男人正和幾個小孩合力綁好那些行李，一個女人則正把一具剖半的豬身拖進車內。這些人讓揚娜貝塔聯想到外籍移工，但又馬上想到，剛才在那輛廂型車左右忙進忙出的幾個人說的都是德語，而且那些人不停地往天空看。

突然聽到梧利大叫了一聲：在一戶人家的前院，有個男人拿槍射殺了一隻牧羊犬。

就在快出村子範圍的一座加油站前的人行道上，車輛已經排成一長列。為了穿過這些排隊的車子，揚娜貝塔和梧利只得下車。兩個男人在加油機台前打了起來，讓梧利不敢從兩人身旁走過去。揚娜貝塔只好抓起梧利腳踏車的把手，半拖著他前進。

時間已經來到下午兩點零八分。出了下奧拉村還要經過兩個村子和一座農場，才能抵達巴特赫斯菲爾德鎮。揚娜貝塔雖然仍不斷催著梧利前進，但她越來越不確定梧利是否能走完全程。或許真到不得已的時候，最後只能丟下梧利的腳踏車，然後讓梧利坐在自己的腳踏車行李架上，載著他前進？哎呀！反正之後在火車裡面，有的是時間讓他睡覺。

「你騎得比我預想的好多了！」揚娜貝塔向梧利喊話，說道：「我本來沒想到你可以騎這麼長的路。」

揚娜貝塔沒有說謊。以梧利的年紀來說，他的個子確實偏小，而且常生病。要到他進小學後，臉上才有點血色。幸好，他有堅強的意志力。

「呼！」梧利聽完只冒出這個音，接著馬上加快速度踩著腳踏板。

揚娜貝塔心中燃起了希望。只要再經過兩個村子和艾希霍夫堡就抵達目的地了。從他們現在站的小丘上已經可以看到遠處巴特赫斯菲爾德鎮最前面的幾棟房子了。她轉過身來，看到南方的天際已經變暗了。

「就算我們到目前為止還沒碰上輻射雲，」一位機車騎士咆哮似地對著他後方載著的人喊道：「輻射雲也要跟著這場暴風雨來了，而且來勢洶洶啊！」

兩個孩子抵達拜爾斯豪森村時，經過的車陣只以步行的速度緩慢前行。剛才看到的幾輛摩托車彎進田間小路，在牧草地和田地之間奔馳。有幾個男人正在將一輛車推到路邊的小溝，汽車的主人則從車子的另一側使力。「只要有一公升就好了！」車主絕望地大喊道：「只要再有一公升汽油我就能開到下一個加油站了。」

等到障礙物清除，幾個幫忙推車的男人又回到各自的車上，繼續往前開去。至於那輛現在還半停在路旁小溝的車子裡坐著兩位老太太。揚娜貝塔回頭看了幾次，看到那位車主協助兩位老太太走出車子，帶著她們繼續步行前進。

她也看到對向車道的路邊停了兩輛汽車，車子裡都沒人。剛出了拜爾斯豪森村不久，又看到有一家人把車停在車道中，登上另一輛應該是親朋好友的車子裡。後方的駕駛對著棄車而去的一家人咒罵著。

揚娜貝塔想到自己的母親和弟弟小凱，想到，不知道他們都搭上火車了沒有？真希望他們都安穩地坐在火車上休息，這樣心裡就能安心地想：我們得救了！對了，外婆呢？外婆已經穿上她的白色護理師制服出任務幾個小時了。不過也有可能她根本沒時間穿上白色制服？或許她只是戴上紅十字會的臂章？可以肯定的是，她一定會忘了注意自己的安全。

揚娜貝塔不禁想起一次在比伯利斯舉行的示威遊行活動：有個當地婦人把下巴倚在敞開的窗戶上，對著遊行的人說了嘲諷的話。揚娜貝塔的母親大聲回她：「如果哪天大滅絕來臨，妳覺得妳還能這樣靠在窗邊說風涼話嗎？」

「大滅絕」。揚娜貝塔試著想像一下大滅絕的景象。她看過廣島核災的一些紀錄照片，也聽過關於核災後脫髮、出血、細胞不當增生，還有白血病和不斷的噁心感。當時，在她聽來，脫髮是讓她感覺最恐怖的：因為脫髮的人就要頂著大光頭，承受別人好奇和同情的眼光！

外婆現在正處於「大滅絕」的情境中嗎？會有人死在那些前來救援的人手中嗎？她會一個人死去嗎？揚娜貝塔的腦海裡浮現一個墓碑的影像，上面的名字刻著「尤翰娜・赫伯特（Johanna Herbert）」。

還是會刻上「尤・赫伯特（Jo Herbert）」？

或者是寫著「揚娜・赫伯特（Janna Herbert）」？

外婆年輕時，曾經交往過一個男朋友，總以「揚娜」叫喚她。那是外婆的初戀。兩人原本計畫戰爭一結束就結婚，但是就在戰爭結束前的一九四五年五月，男方在戰事中喪生了。

不會的！揚娜貝塔對自己的想像抗拒著，她嘗試趕走這些關於外婆遭到不幸的念頭。

南方的天空已經看得到一群來勢洶洶的積雨雲，正以快速迫近之姿高懸於下奧拉村的上空。

「看那裡！燒起來了！」梧利指著前方的阿斯巴赫村，棕灰色的濃煙從那裡升起，並且快速前進。

那些在上威格福路段轉到河谷另一側繼續北行的車，這時到了阿斯巴赫村又開始想要轉進原來的省道。

貫穿整個村子的主幹道與這些想改換路線的車輛交會的十字路口，正好有五輛車撞在一起。於是，直到河谷另一側都塞滿了並行的車輛。撞在一起的幾輛車裡面，有輛加了後掛拖車的巴士正炙烈地燃燒著。車子的乘客站在十字路口兩側的人行道上比畫手勢，呼喊著亂成一團。揚娜貝塔理解到，應該是因為巴士司機想要強行通過十字路口才發生起火事故。現在整輛燒起來的巴士就橫在路口，幾乎封住了整個省道的通行。孩子們的臉上映著炙熱的火光。空氣中瀰漫著燃燒的油漆和橡膠臭味，而原來巴士上一群看起來像是長青俱樂部出遊的銀髮族，全部都站在路邊，臉上盡是嚇壞了的神色。

主幹道塞車，鄰近的其他非主幹道也塞得厲害。此起彼落的喇叭聲讓梧利不得不摀著耳朵。他杵著雙腳跨在腳踏車上，盯著熊熊火焰看到出神。

「我們繼續往前走！」揚娜貝塔回頭對他說。

一輛賓士車開進一戶有著被精心照顧、齊整修過草皮且花朵盛開的前院花園的人家。賓士車開上一片三色堇花圃，行經處還把幾個花園侏儒的雕像推倒在草坪上。接著，車子陷進鬆動的泥土地，幾個輪子就在原地空轉。

這時候揚娜貝塔發現，就在交叉路口，穿過村子往巴特赫斯菲爾德鎮的車陣中有個不到一百公尺的縫隙。那輛擱淺的賓士大概就是要到那裡去。賓士車後方已經堵了幾輛車。有幾個人前來幫忙，要把車子從這戶人家的屋前花園推出來，好讓出位置讓自己的車子可以開過去。

有一輛綠白相間的警車正從巴特赫斯菲爾德鎮的方向開過來。一路上沒有人願意讓路，這輛警車只好沿著路邊開。警車在擠到動彈不得的交叉路口前停了下來，就地橫停在路中間。接著從警車裡走出三名警察。其中一人手裡提著擴音器，將話筒放到嘴邊喊道：

「往巴特赫斯菲爾德鎮的六十二號省道從這裡開始進行封閉管制，所有車輛禁止通行。鎮上正在進行疏散作業。」

「我們要到火車站去！」有人喊道。

「沒用的！」警察也用擴音器咆哮著回話：「現在鎮上一團亂。交通都打結了，幾條對外交通的主要幹道也都一樣。」

「一派胡言！」有個男人說：「編出來的吧！」

「那拜託告訴我們，現在該往哪裡去？」一個女人尖聲喊道。

那群原本被賓士車擋住去路的人可不因這些叫囂而停下他們的行動，一群人已經將賓士車推出前院。賓士車正輾過碎石，顛簸地開到車道上。後方的車輛立刻跟上。

「停車！」警察透過擴音器喊著。「這裡禁止通行！」

「那我們就走著瞧！」賓士車的駕駛大聲說著，完全不顧警察的指揮。

這時揚娜貝塔看到警察掏槍。

「馬上離開這裡，」她對梧利說道：「我們找看看有沒有田間小路可以走。」

不久，兩人正騎在村子外緣的一條狹窄的小路上時，傳來槍聲和尖叫聲。

「警察會開槍把人打死嗎？」梧利回過頭大聲問。

「他們肯定只是對空鳴槍示警。」揚娜貝塔邊回答著，邊抬頭看一眼前方的烏雲後，馬上喊著要梧利停下來穿上外套。她幫梧利拉上外套的帽子，自己也穿上外套。

「幹嘛啦！」梧利生氣地喊道：「我汗都流成這樣，快熱死啦！」

但是揚娜貝塔仍然堅持要他戴好帽子。這時梧利卻又說，再不喝點東西，他真的沒法再繼續前進了。

「前面就是富爾達河了，到那裡你就有水喝了。」揚娜貝塔雖然這樣說，但其實自己心裡很不確定。

梧利默不作聲。到底是他不相信揚娜貝塔說的話？還是他真的累到沒力氣回答她了？

「上來吧！你坐到我的行李架上。」揚娜貝塔說。

「那我的腳踏車怎麼辦？」梧利問。

「就放這裡吧！」

「我的腳踏車耶！不可能！」

才說著，梧利繼續踩著腳踏板往前騎去。

經過幾棟房子後，他們來到一處墊高的鐵路路基前，路線看來和通往巴特赫斯菲爾德鎮的省道平行，鐵路的路堤和田野間，有一條狹小的過道隔著。

揚娜貝塔決定就走這條小路。這樣一來，這條路就是他們兩人專用的了，畢竟路這麼窄，車子也開不進來。

她現在騎在梧利旁邊，小路上蔓草叢生，兩人只能緩慢而謹慎地前進。梧利邊喘著氣，邊用手臂揮掉鼻子和眼周的汗水。

揚娜貝塔聽到遠處傳來引擎的聲音。兩人都轉過頭，看到路上有一排車正想要開過來。那些車按著喇叭穿過村子，其中有兩輛車開進田野，果然就被困住了，因為春天的泥土地既濕滑又軟黏。有輛貨車剛彎進田間小路，馬上又掉頭返回原路，很快消失在幾棟屋舍之間。

這一帶的田間小路越來越窄，小路的兩旁幾乎長滿了咬人貓，毫不留情地拍打在梧利的臉上。這條小路最後終結在一座禽畜圈養場前。

梧利哭了出來，揚娜貝塔的淚水也已經在眼眶中打轉。他們跳下腳踏車，讓車子從他們手中滑落到地上。揚娜貝塔現在開始後悔沒有搭上尤丹一家人的車，和他們同行。梧利過來抱著她，她也用雙手環抱回應。現在可怎麼辦才好？難道還要騎回村子，再另外找一條往北的路嗎？

這時候已經快三點了。

他們突然聽到鐵路路堤的另一側有引擎的聲音。

兩人抬起各自的腳踏車，拉扯著車子攀上路堤的斜坡。

揚娜貝塔不小心跌了一跤，往下滑了一段距離。梧利搶先爬到路堤上方。

「揚娜貝塔！」他語氣激動地喊著：「下面有一條很棒的小路耶！幾乎可以像大馬路一樣好走！」

等到揚娜貝塔終於把腳踏車拉上斜坡，她看到梧利已經騎到枕木的另一頭，整個人在腳踏車坐墊上跳動著。她也聽到鐵路路堤下方有車輛開過去的聲音。當她把腳踏車抬過枕木後，她才發現原來鐵路路堤另一側還有這樣一片壯觀、盛開的油菜花田。之前的視線完全被高起的路堤擋住了。眼前的景象可真耀人眼目啊！

接著她看到梧利快抵達路堤另一側時，得意洋洋地舉起雙臂，空手讓腳踏車往下滑。

「小心！」揚娜貝塔大叫：「在碎石子路上你不能這樣……」

這時梧利整個人已經以頭在前的角度飛離腳踏車，掉到路堤斜坡下寬敞的路面上，好巧不巧正好有輛車高速駛來。腳踏車在路面上翻了幾翻。原本綁在行李架上的泰迪熊被拋了出來，最後落在斜坡正下方。

「梧利！」揚娜貝塔驚聲尖叫。

肇事車輛的駕駛沒有因此停下來。只聽見一聲沉悶的引擎轟響，那輛車很快就開過去，留下車後揚起一道長長的煙塵。

第四章

揚娜貝塔嚇到呆站在鐵路路堤上。揚起的塵土散開之後，看到躺在下方的梧利。他的泰迪熊掉落在不遠處，再旁邊就是腳踏車。只是，車子的把手變形了，前輪還在轉動。梧利的頭被上衣的帽子蓋住，以一種不尋常的姿態平貼在快速擴大的血泊當中。揚娜貝塔拋下自己的腳踏車，猛地衝下斜坡，俯身蹲在梧利身旁。她輕撫著梧利還溫熱的手，接著別過身子，完全不管從村子方向過來的車陣，只想著：梧利躺在這裡，任何人都不許開過來。揚娜貝塔就這樣蹲在路中間。

最前方的車子踩了煞車，從車中走下一男一女。男的臉上掛著落腮鬍，女的有一頭金髮。他們後方此起彼落的喇叭聲像是集結了許多怨氣，而且顯然越來越多人加入按喇叭的行列。金髮女人率先把揚娜貝塔拉站起來。

「你們應該也是要到巴特赫斯菲爾德火車站吧？」她說。

「上車吧！」大鬍子男說：「我們載妳過去。讓車裡的孩子擠一下就有位置了。」

「梧利要一起走。」揚娜貝塔回道。

「梧利？」金髮女人遲疑地問：「妳是指……」

揚娜貝塔撇過頭，惡狠狠地盯著說話的女人，吼道：「他是我弟弟！」

「他沒救了。」大鬍子男低語道。

後方的喇叭聲越來越熱鬧。有個聲音喊道：「讓出路來！不然我們就不客氣啦！」
「他要一起走！」揚娜貝塔說：「他一定要一起走！」
「那些人要失控了！」大鬍子男大聲說。
他把梧利的腳踏車丟到路堤斜坡上，然後抱起梧利，走到幾步距離外的油菜花田裡放下。再走回來時，男人的上衣滿是血跡。
「不要！」揚娜貝塔喊道：「不可以！」
揚娜貝塔想要跑進油菜花田，卻被金髮女人牢牢抓住。她奮力掙扎，試圖掙脫，直到大鬍子男給她一記響亮的耳光，揚娜貝塔這才癱軟在地，毫無反抗地任人把她拖進車裡。
後座三個小女孩嚇得縮在一起。
「快點！」金髮女人大聲喊道：「那些人要衝過來啦！」
大鬍子男和金髮女人很快坐回各自的位置上，用力甩上門後車子隨即往前開，後方一整排車隊也跟著動了起來。
這一家人的車從停下來到再出發，整個過程不到三分鐘。現在前座的兩人都沒說話，他們在後座的三個孩子也不敢出聲。揚娜貝塔整個人像失了神。不久，車子在富爾達河畔的一片草地上停下來，金髮女人把三個小女孩從車裡拉出來，揚娜貝塔這才回過神，抬起頭來。附近看得到一些房舍，應該是已經到巴特赫斯菲爾德鎮了。這時天空傳來打雷聲。

「妳要跟我們一起行動，」金髮女人對她說：「不然妳會迷路。」

正說著，金髮女人就把手伸了過去。而揚娜貝塔也如她所願，遞出自己的手，讓她牽著。但周遭其他人的說話聲和所有聲響，在揚娜貝塔聽來，仍然像是隔著一道厚厚的牆般不真實。

大鬍子男從後車廂拖出一個塞得滿滿的背包，用力拋到背後背起來。三個女孩中排行老二的，約莫有五歲。大鬍子男讓她跨坐在自己的肩膀上。最小的孩子正吸著奶嘴，金髮女人把她塞進背帶裡背著。金髮女人另一手牽起年紀最大的孩子，這孩子應該和梧利差不多年紀。大鬍子男鎖上車後，一群人於是浩浩蕩蕩地向市鎮中心前進。揚娜貝塔回頭看了一眼：在樹林間，她隱約看到艾希霍夫堡的城牆。除此之外，眼前所見的景象盡是油菜花田的燦爛輝煌。

「牽好蘇珊娜！」金髮女人對著揚娜貝塔大聲說道：「這樣我們才不會走散！」

揚娜貝塔牽起年紀最大的小女孩的手，繼續像夢遊般一步步往前走。巴特赫斯菲爾德鎮就在他們前方了。

「現在妳要小跑一下囉！」大鬍子男對蘇珊娜說：「如果我們不快點到火車站，那些雲就要追上我們啦！」

「但是如果真的下雨了，我們也可以找地方避雨嘛！」女孩喘吁吁地說。

金髮女人看了自己的丈夫一眼，說：「蘇珊娜，妳是說對了，可是如果我們淋濕，感冒就不好玩了呀！」

大鬍子男搖了搖頭，有那麼一瞬間，讓人感覺他似乎想反駁金髮女人說的話。不過，這時他只是重複說道：「來吧！蘇珊娜，小跑步一下！」

蘇珊娜突然哭了出來。坐在父親肩膀上的女孩，聽到姊姊的哭聲，也跟著哇哇大哭了起來。

一行人繼續快步前進。

「妳對巴特赫斯菲爾德鎮的路熟嗎？」金髮女人問道。

揚娜貝塔點點頭。

「她知道這裡的路！」金髮女人大聲說給身後幾步距離外的丈夫聽：「真是謝天謝地！」說完馬上又轉頭對揚娜貝塔，帶著命令口氣說道：「往火車站！聽到沒有？走最快的路！他們會先疏散巴特赫斯菲爾德當地的居民。不過沒關係，我們說自己是本地人就好了。反正現在一團亂，沒有人會查證明文件，而且我們帶著四個孩子，不會被問太多的。

這年頭有幾個家庭會有四個孩子！」

「哪來四個？」大鬍子男問道。

「你還搞不清楚狀況嗎？」女人大喊道：「她現在是我們家大女兒！」

「對！沒錯！」大鬍子男回道。

「如果有人問妳，」金髮女人對揚娜貝塔說：「妳可要說我們住在巴特赫斯菲爾德鎮，姓郝柏勒。妳就記住，和『伯樂識千里馬』裡面的『好』『伯樂』同音就對了。還有，妳現在開始要叫我們爸爸和媽媽。」

「我才不要！」揚娜貝塔抗議道。

「我們當然知道那不是真的，」金髮女人邊趕路邊喘著說：「那樣說只是為了讓我們少點麻煩，好快點離開這裡。對妳也有好處。我們不會真的從妳爸媽身邊把妳搶走。」

揚娜貝塔固執地搖搖頭。

「那好吧！」這時金髮女人顯得不耐煩了，說：「那妳叫他貝特，叫我瑪麗安娜好了。然後，這三個妹妹分別是蘇珊娜、妮娜和安妮卡。」

金髮女人的說話聲像是從極為遙遠的遠方傳來一樣不真實，揚娜貝塔只是魂不守舍地點著頭。

「那妳呢？」金髮女人又問道：「妳叫什麼？」

「梧利。」揚娜貝塔喃喃說著。

「烏莉？是烏莉克的暱稱吧？那好！總之，在我們進到火車站前妳就叫烏莉・郝柏勒。」瑪麗安娜說。

揚娜貝塔轉過頭看向走來的地方。南方的天空一片烏雲密布，呈現出暴雨即將奔落的氣勢。那一大片烏雲正逼近這裡，而且幾乎就要蓋到太陽了。視線再往下拉，烏雲下的陰影已經籠罩住原本盈滿視線的五月新綠景色。雷聲轟隆作響。

「妳不要這樣到處張望！」貝特的語氣充滿責備，說道：「妳會嚇到孩子！」

揚娜貝塔聽到後，再次把視線看向前方。這附近離鎮上的鬧區還有點距離，她也不熟，幸好她看到舊修道院遺址高聳的塔樓。兩年前，她剛加入童子軍時，常把這座塔樓當作找到集合地點的座標。於是，就像受到某種穿腦魔音的引導，揚娜貝塔對周遭的情況不管不顧，只是失神地帶領其他人依序穿過幾座獨棟式住家、經過搭建了小木屋的園圃、踏上幾處有人精心整理過的草皮。直到終於抵達鬧區前，她才感受到周遭極度緊張的氣氛。耳朵聽到焦躁的喇叭聲從四面八方湧來，還有消防車和警車出動時尖銳的警報聲忽地大作，隨即又隨著車輛遠去消失在耳際。這裡聽到的盡是遠處傳來鼎沸的人聲，或偶爾零星的呼喊和尖叫聲。另外還看到幾輛軍用車乒乒乓乓地疾駛過去。

郝柏勒一家和揚娜貝塔繞路走外環道進鬧區，這才發現鬧區已經擠滿了車輛，其中還有不少載滿了兒童的巴士。此時此刻已經沒有駕駛會在斑馬線前停車，行人只能自求多福，在密集的車陣中找到橫越馬路的通道。明明路口的交通號誌顯示紅燈，這時原本塞住的車輛卻突然動了起來。於是，正在穿過馬路的郝柏勒一家，突然被幾響喇叭聲驅趕。抬頭看到一輛車向自己衝過來，揚娜貝塔失聲驚呼。情急之下，她一跳就跳上了人行道。跟在揚娜貝塔身後，原來被她牽在手上的蘇珊娜不免也一起被拉了過來。一時之間，蘇珊娜沒站穩，雙膝一屈，跌在柏油路面上。

「這時候還要來這一齣！」金髮女人不無怨氣地說：「蘇珊娜，繼續走就不會覺得那麼痛了！」

到處都是拖著行李、神色匆忙的人。揚娜貝塔和郝柏勒一家人越接近火車站，就看到越多人和他們朝同一個方向前進。大部分的人帶著厚重的行李，但也有一些輕裝便行的人。許多人看起來像是把最好的衣服都穿上身了，也有一些人像是剛從廚房或工廠就趕忙出來的樣子。對街上有個女人身上穿著皮草、頭上戴了帽子、拎著兩個沉重的行李箱、腳上蹬著高跟鞋、踩著小碎步快速走著。在揚娜貝塔一行人前方不過幾公尺處，則有個女人根本忘記拉上洋裝背後的拉鍊。有個小女孩抱著一個比自己還大的娃娃，有位老婦人懷裡緊緊拽著一個裝了一隻北京犬的小籃子，有個土耳其人背上馱了一台電動縫紉機。匆忙間，蘇珊娜被一個捆得好好的包裹絆倒。那個包裹就放在人行道中間，而且擺明不屬於剛路過的任何人。這一絆，蘇珊娜剛好又跌在原本已經流著血的膝蓋上，不禁讓她委屈地大哭起來，怎麼也不願意繼續被揚娜貝塔牽著走，揚娜貝塔只好把她背起來。

耳邊不時傳來捲門窗滾落的聲音，多數商店早就關門了。剛好有一支聯邦邊境警備隊來到步行區巡邏，馬上被一群想要打聽消息和問問題的民眾包圍，但這一群穿著制服的男人只是莫可奈何地聳聳肩。

「沒有公車輸運規劃，」好不容易其中一人出聲說道：「附近幾條路也都不能走了。請各位還是往火車站移動吧！那裡或許還有些微機會可以離開這裡。」

火車站前方早就擠滿了人。車站大廳入口處更是此起彼落的尖叫聲、咒罵聲和推擠聲。幾個紅十字會的人正努力推開人群前進，接著傳來孩子呼喊的聲音，有幾名員警和車站人員努力維持秩序，可是沒人聽從他們的指揮，或者說，根本沒人注意到他們的存在。

「馬上就要下雨啦！」揚娜貝塔聽到有人喊道。

「到時被汙染的輻射雲就全飄到我們頭上啦！」

「有小孩！」有個婦人提醒道：「注意兒童！至少讓他們先進車站！」

「我們進不去的！」貝特絕望地說。

人群從四面八方湧向車站的主要入口，發現無論如何也擠不進去後，再向左右兩側找尋可以進入車站的通道。郝柏勒一家和揚娜貝塔也沿著車站建築往北移動。

火車站旁的兩棟附屬建築中間，由一道鍛鐵柵欄門和一堵有孔洞設計的磚牆將月台和站前廣場隔開來。現在那裡有動靜：有些人嘗試推開柵欄門，有些人想要攀牆而過。原本有兩名警察手持警棍驅趕這些湧來的人潮，現在他們手上的警棍被幾個男人搶走了。畢竟那堵牆並不高，約莫是一個男人伸長手臂就能碰到牆的上緣的高度。而且牆上還有長方形的孔洞設計，翻牆時更是方便作為腳的支撐點。

現在那堵牆前方再也沒有障礙了。人群來勢洶洶，在激烈的勝利歡呼聲中全湧上牆。這股氣勢也提振了郝柏勒夫婦和揚娜貝塔的精神。他們努力擠到牆的前方。從牆上的洞看過去，就在月台上等候的人潮後方，揚娜貝塔隱約可以看到一輛載客列車的上半部。車廂頂上已經坐滿了人。其中有兩個男人打領帶、穿白襯衫，引起揚娜貝塔的注意。因為他們的襯衫不僅破爛不堪，看起來還很髒。另外，還有一個女人只穿了一隻鞋。

不久，火車緩緩向北起動。

月台上的人激動地大喊大叫，有人憤恨地揮著拳頭，或有人追在火車後面跑了起來。有幾個年輕男性乾脆攀掛在開啟的窗戶上，或是緊抓著車門的把手。

貝特把妮娜從肩膀上抱下來，交給瑪麗安娜，然後卸下背包，自己先爬上牆，再把孩子一個個接上去。牆的另一邊有個熱心的男人再從他手上接過孩子。這時揚娜貝塔也爬過牆，畢竟她在運動方面比較在行。接下來輪到瑪麗安娜，她也想爬上那堵牆。可惜瑪麗安娜身形豐滿又太害怕，試了幾次都沒成功。而此刻，剛翻過牆的三個孩子站在人群中，驚恐地抱在一起哭鬧，因此她的丈夫必須先在牆的另一側安撫孩子。

「妳看好孩子。」貝特一邊交代揚娜貝塔，一邊把最小的孩子推到她手上讓她抱著。接著，他把四個孩子推到屋簷下靠牆的地方，並叮囑揚娜貝塔要緊貼牆站著，等他回來。說完後，貝特重又爬過牆到另一側去。

這時聯邦邊境警備隊穿過月台上的人潮，來到牆的內側前方就定位。他們這是決意不再讓人從站前廣場那一側過來。揚娜貝塔聽到，被截斷逃生路線的人群中有人因為害怕尖叫出來，也有人出聲抗議。甚至有那麼一瞬間，揚娜貝塔覺得自己好像也聽到貝特的聲音。被揚娜貝塔抱在手上的安妮卡哭得撕心裂肺，畢竟揚娜貝塔的臉對她來說終究太陌生，她感到害怕不已。妮娜緊緊抱著蘇珊娜，蘇珊娜又抱緊揚娜貝塔。月台上的人潮似乎越來越多，推測應該還有人從其他地方進到車站來。不斷有裝得鼓鼓的背包，或是走過的人用肩膀撞到安妮卡的頭，為了保護她，揚娜貝塔只好蹲下身。這時妮娜和蘇珊娜也跟著蹲了下來，下巴靠緊膝蓋，用背緊貼著牆面。有個女人正好踢到蹲下來的孩子，跌向揚娜貝塔。受到驚嚇的妮娜這時也叫了出來，不斷哭著要找爸比和媽咪。揚娜貝塔只好再度站起身來，絕望地看向牆外。心裡想著：郝柏勒夫婦到底什麼時候才來呢？那些穿制服的人該不會不讓他們翻牆進來了吧？

一位鐵路公司的人員努力想要穿過擁擠的人潮，才剛經過揚娜貝塔，月台上等候的人一看是鐵路公司的人，馬上圍著他問問題。

「等下靠站的是慕尼黑發車的城際列車嗎？」對一位婦人的提問，鐵路公司的人員答道：「唉！好問題！目前在勛費爾德鎮路段有事故，有輛城際列車撞上另一輛運轉車頭。而且，整個士文福周邊都已經拉起封鎖線，那些路段現在火車也開不過來。沒辦法，那一帶全都受到嚴重的輻射汙染。」

「那我們呢？」幾個人異口同聲問道。

「已經臨時從貝博拉鎮調派車子過來了，」鐵路公司人員試圖往前走去，說道：「下班車馬上就進站了。」

「我丈夫行動不便！」一位婦人哀號著的同時，牢牢抓住車站人員的袖子，說：「我好不容易把他推到火車站前面了。這裡人這麼多，我該怎麼讓他進到車站來？」

車站人員聳了聳肩表示愛莫能助，接著甩掉被抓住的袖子，大聲說：「請保持冷靜！不然什麼都做不了！」

馬上有調度車要來的新消息，很快就傳遍整個月台。揚娜貝塔想起自己的母親，也想起，比起她此刻手上抱著的安妮卡沒大多少的小凱。不知道他們都逃出來了沒有？還是已經被困住了？外婆的情況又是怎樣呢？

突然間，所有人都抬起頭，看向北方。原來是有輛貨運列車倒退而行，緩緩駛進火車站。這部列車掛著幾節開放式的載貨用平板車，和幾節載運牲畜的車廂。月台上等候的人群已經等不及在嘈雜聲中湧向前去。此刻揚娜貝塔和三個孩子已經被推離原來貼著站的牆壁。四個女孩子都被推到原先翻過的牆前方，這時才聽到牆外其實才是呼喊聲的主要來源。當揚娜被塔被人群推向火車的方向時，她向那堵牆的方向喊著：「妳們過來！過來呀！拜託！」她試著記起三個小女孩姓什麼，好用來呼喚她們，不過怎麼也想不起來，只能重複說道：「過來！拜託！」

揚娜貝塔還看到，數不清的手從柵欄門外伸過來握住一根根的柵欄用力搖著大門。柵欄門內側則有邊境警備隊撐著不讓人推進來。接下來聽到嘎嘎作響的聲音，鍛鐵碰撞發出巨響。接著，揚娜貝塔的視線就被擋住，看不到柵欄了。隨後馬上聽到身旁的孩子因為被人潮推擠，感到害怕而嚎啕大哭。

「妳們抓緊我！」揚娜貝塔大喊道：「不要鬆手！爸比和媽咪馬上就來了！」

第一個不見的孩子是妮娜，她的哭喊聲就消失在人聲雜沓間。揚娜貝塔最後只聽到一聲淒厲的：「蘇珊娜！」

接著是蘇珊娜鬆開了手——等到揚娜貝塔反應過來時，她已經被往來的行李箱、行人的腳和裙子淹沒。揚娜貝塔緊緊抱牢安妮卡，不停呼喊著其他兩個孩子的名字，奮力撐著不被人潮帶走。推擠間，揚娜貝塔不免嘗到被其他人用手肘撞到的苦頭或遭到咒罵，她費盡力氣才能維持站姿。這時聽到從柵欄門那裡傳來規律的呼喊聲：「用力推！用力推！」

揚娜貝塔回頭，焦急地想要在人群中找到走失孩子的金髮，結果看到柵欄門就在外側眾人的推擠下打開，一大群人就這樣衝進車站。只要有人擋住這些人的路，馬上就會被跨過去。剛才還聽到妮娜呼喊聲的地方，現在已經是一團亂的人流。人群碰撞間，有人扭打起來，也有人跌倒了再站起來，來不及站起來的就被踩踏過去。揚娜貝塔終於可以回到原來站著等候郝柏勒夫婦的那面牆壁前。這時郝柏勒夫婦也跌跌撞撞地來到她面前。當揚娜貝塔把安妮卡交到孩子父親手上時，還不住地喘著氣。

「另外兩個呢？」瑪麗安娜大喊道：「另外兩個呢！」

揚娜貝塔無語地指向柵欄門和火車之間的一片混亂。這一指，幾個孩子的母親失聲哭了出來。她扭曲著臉，雙手抓住揚娜貝塔的肩膀，激動地搖晃著揚娜貝塔。

「妳——妳——」瑪麗安娜悽慘地大聲說道。

揚娜貝塔卻大笑了起來。她聽到自己的笑聲——那笑聲是如此淒切、不自然，像瘋了一樣。揚娜貝塔完全止不住自己的笑聲，她只是不停笑著。她驚慌失措地用雙手捧住自己的臉，離開那裡。她跌跌撞撞地穿過行李、提袋和孩童，奮力逆行往人潮湧來的方向前進。最後在不斷有人潮湧入的牆邊找到縫隙，終於來到站前廣場。有幾輛裝甲車正好駛進廣場，天空上還有直升機轟隆隆作響，接著看到直升機就在車站上空盤旋。鎮上不知何處突然傳來槍響。

揚娜貝塔顧不得確認方向，一心只想逃離火車站。她充滿絕望的笑聲就這樣被直升機的聲音和雷響掩蓋。這時天空一片昏暗，揚娜貝塔衝上前，迎向從天空落下的第一滴雨水。

第五章

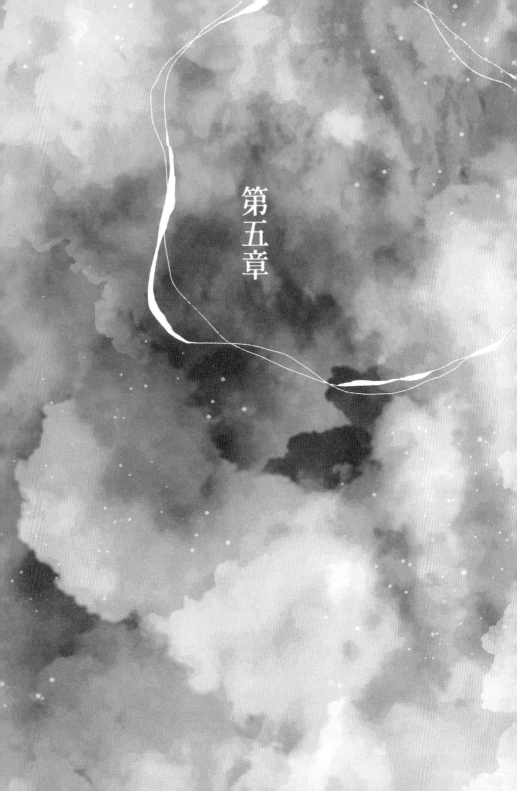

揚娜貝塔直覺地往南跑。此刻已經沒有人和她同方向行動，反之卻看到迎面而來的無數倉皇失措的臉龐。紙張的碎片飛散在空中，暴風雨把樹木攪得像嘆息似地彎腰，揚娜貝塔的淺褐色長髮隨風亂舞。

她的眼裡只看得到那片油菜花田。那片黃澄澄的油菜花田即將被一大片烏雲籠罩，揚娜貝塔現在一心只想跑到那裡去。她想著，此刻梧利縮著身子在油菜花田裡，內心肯定感到很不安。他一定會覺得自己被人遺棄，就像先前看到的那條追在主人車後的狗一樣，也像留在爺爺奶奶家的可可。梧利一定正在哭著找她，一個人孤伶伶地面對整片漆黑、有毒的天空，一定讓他害怕極了。揚娜貝塔怪自己，當初怎麼可以就這樣拋下他不管？媽媽明明交代，要她好好照顧弟弟！

閃電和轟聲雷響無情地落在揚娜貝塔上方、在城鎮上方、在事故現場，還有卡住的車陣上方，以及逃難的人上方。那些逃難的人急著想要找到低窪掩蔽處所、屋舍的露台，哪怕只是一小方屋簷也好，他們都不想被已經受到輻射汙染的雨水淋到。

唯獨揚娜貝塔不為自己做任何防護，心裡只想著：油菜花田、那片油菜花田！

「梧利，不怕啊！」此刻雨水淋濕了揚娜貝塔全身的皮膚，她仍不斷呼喊著：「不怕，姊姊就來了！」

這場雷雨來勢猛烈，雨水像從天空上傾瀉下來一樣。揚娜貝塔每走一步就聽得到雨水在鞋裡發出濕漉漉的提醒。她的頭髮濕到緊貼在頭上，雨水就這樣順勢流進她的眼睛和嘴裡。

揚娜貝塔走上一座長橋，迎面見到的車輛都塞住了。雨水鼓搗著車頂。緊閉的車窗內霧氣蒸騰，所以從車外看不清車內乘客的臉孔。揚娜貝塔是整座橋上唯一一個步行的人。揚娜貝塔跑過一輛車時，那輛車鳴了喇叭。車內有人抹去車窗上的霧氣，焦急地對她做了手勢。可是揚娜貝塔不想有任何一分一秒的耽誤，她一定要去那片油菜花田，她要去找梧利。那一片橙黃似乎離她越來越遠，揚娜貝塔加速跑著，就在不知不覺中，她已經快到高速公路了。

雨勢仍然很大，大到她看不清路標上的內容。不過，對她來說都沒關係了，只要她清楚看到油菜花田就在前方就好。只是無論她怎麼跑，那片油菜花田好像都離她一樣遠。

當天空再度亮起來，雨勢也稍微變小，揚娜貝塔已經跑不動了。她喘得上氣不接下氣，雙腳已經被淋濕的鞋子磨傷了，天氣也變涼了。全身上下濕透的揚娜貝塔冷得直打哆嗦。有人從車內對她喊：「掉頭吧！孩子，妳這是要跑進輻射雲的範圍裡啊！」

揚娜貝塔忽然看不到油菜花田。這讓她一時不知所措。怎麼會一下子就不見了呢？她不是一直往油菜花田的方向跑嗎？揚娜貝塔想要繼續跑，卻因為太累而跌了一跤。她順著高速公路入口處的彎道走時，竟以為自己正筆直前進。她累到走得左搖右晃，幾度都差點撞上此處快速行駛的車輛。幾響刺耳的喇叭聲讓她很快跳到路旁，才發現自己已經走上高速公路了。她沿著安全護欄在路肩上跛行著，一般這裡是不允許行人通行的，但現在沒有人會驅趕她。

向東往艾森納赫市方向，車道的車流量雖然也很多，但還沒到塞車的程度。但是對揚娜貝塔來說，這條路通往哪裡都沒關係，只要能讓她走到那片油菜花田就好。偶然看到路旁的緊急電話，讓她心中燃起了新的希望。她提起話筒側耳傾聽。

「媽媽？」她對著話筒喊：「爸爸？」

然而，話筒另一端回應的聲音對揚娜貝塔來說實在太陌生了。她把話筒掛回去，蹲下身子，靠在緊急電話亭上。不時有車輛開過去，噴濺起的水花潑到她身上。她無動於衷地任由這些事情發生，坐下來驚訝地看著剛才下雨留下的水流和水坑此刻正開始往上蒸騰。不久，放眼所見的田野上都籠罩上一層煙霧。散開的雲層縫隙間逐漸露出藍天。

有輛彩繪車身的巴士輪胎忽然發出刺耳的緊急煞車聲。巴士來到接近揚娜貝塔的路肩上停下來。有扇車窗降了下來，一個臉上有雀斑的年輕女人探出頭來。

「妳好！」雀斑女大聲說：「要順便載妳一程嗎？」

揚娜貝塔沒有回答，她幾乎連頭都沒抬。雀斑女下車走向她。

「妳不能坐在這裡，看妳都濕成什麼樣子了。」雀斑女說。

「不要。」揚娜貝塔低語。

「妳要去哪裡？」

「去那片油菜花田。」

雀斑女轉身向巴士內的駕駛招手，要他過來。那位男駕駛有著一頭金色長髮。

「你看她！」她輕聲說道：「真是可憐的孩子，神智都不清楚了。」

「還只是個孩子啊！」金髮男回。接著他彎下腰對揚娜貝塔說：「和我們走吧！妳想去哪裡，我們載妳去。」他提起揚娜貝塔的手臂，把她拉起來。

「還是當心點，」雀斑女警告說：「她剛淋過雨。她現在應該全身都是那些髒東西。」

「那些現在都不重要了。」金髮男回她。

兩人合力把揚娜貝塔推進巴士裡。上車時，揚娜貝塔只覺一陣混濁的空氣迎面襲來。

她聽到有人說話的聲音，看到兩隻伸向她的手，看到在行李堆之間一雙又一雙的腳。然後她闔上眼睛，感覺到車子猛然發動。有人要把她身上淋濕的外套和上衣從頭上拉起來，揚娜貝塔試著推開那雙手。最後，意識模糊間，她只意識到兩件事：溫暖和乾爽。於是，她很快就睡著了。

不知道開了多久，巴士突然緊急煞車，一時之間，車上的行李和乘客都被往前拋。一個行李袋掉落在揚娜貝塔身上，把她嚇醒。車上的所有人情緒激動地議論紛紛。有好幾次，揚娜貝塔聽到「邊境」這個字眼。朦朧間，揚娜貝塔誤以為躺在自家床上，又朝自己下半身看去，這才發現，自己現在穿著一件明顯太過寬鬆的牛仔褲。原本應該穿著一件天藍色上衣，這時也變成一件大太多的T恤衫。而且，原本穿得好好的襪子和鞋子也都不見了。現在她光溜溜的腳上穿著的是一雙編麻鞋底的破舊鞋子。揚娜貝塔想起，以前在西班牙布拉瓦海岸度假時，穿過這樣的鞋子。這種鞋穿起來輕巧、舒適，但是使用壽命不長。她還感受到，自己沒穿襪子的腳趾下方似乎有些沙粒。

「喏！」雀斑女對揚娜貝塔說：「妳現在醒了嗎？」

揚娜貝塔看了一下四周，除了她之外，車上還有三男三女，共六個年輕人。而且現在巴士正塞在車陣中動彈不得。

「妳不用找剛才穿的舊衣服了，」雀斑女又說：「都被我們丟出去了。那些衣服反正一定都已經受到汙染了。」

接著，揚娜貝塔看到車上的人下車，與其他車上的駕駛和乘客閒聊，只有她還躺在車上。她在半夢半醒之間聽到那些對話，然後理解到眼下的情況：這條高速公路往埃森納赫方向開去，如果不是開往柏林就只能到東德[1]。可是往東德的邊境一個多小時前已經關閉了。有輛大貨車把東德用來攔阻車輛進入的路障推開，為後方的小客車車陣開道，不過這些車輛馬上又被邊防部隊用機關槍擋了下來。還來得及調頭的車輛立刻轉向，重新逃回西德。就這樣，之前從西德過來的車輛這下全都塞在赫勒斯豪森村。

「殺人兇手！」有人大喊：「竟然對自己的同胞開槍！」

「他們應該也和我們一樣不知所措吧！」金髮男冷靜地說：「再說，換做是我們這邊也會開槍吧！而且我敢說，這一切還只是開頭。在士文福附近的封鎖區，已經沒有人可以活著逃出來了，那些人就算不被輻射殺死也會被軍隊打死了。他們肯定會用武力阻止那些受到嚴重污染的人混到已經逃出來的人裡面。」

「你瞎扯！」雀斑女說：「他們才不能像射殺兔子一樣對人開槍呢！」

「如果事關生死存亡就是這麼赤裸裸的現實，」金髮男說：「那些什麼文明的假象都是靠不住的。」

揚娜貝塔一下子清醒過來。她好像看到自己的父親在剛開過火的機關槍槍口前呼喊，然後倒下。她嚇得用手摀住自己的嘴巴。

有個臉上掛著落腮鬍的人舉起一張面紙。此刻完全沒有風吹拂。人們互相催促盡快離開。這時眾人決定，沿著兩德邊界往埃胥維格方向前進，經哥廷根到德國北部去。

「妳會跟我們一起走吧？」雀斑女問。

揚娜貝塔想起住在漢堡的黑兒嘉。之前母親曾說過，希望她能逃到黑兒嘉那裡去，不管是用什麼方式、和誰同行。但是現在做什麼都太遲了，她已經在輻射雲下走了好一陣子，而且也被遭到輻射汙染的雨水淋濕了。梧利還在油菜花田裡，父親可能還在士文福。至於母親和小凱應該還在災區的某處，可能在勛費爾德的火車站，或也可能還在士文福火車站。又想到小穆阿姨，她和賴哈德兩人好不容易才盼來這個孩子……他們所有人，每一個都是對揚娜貝塔很重要的人，應該都在這附近某處吧！

「不了，」揚娜貝塔說：「我要留在這裡。」

1 原文註：此處可以看出本書內容發生的背景是在一九八〇年代，前東德政權還在的時代。不過這一點並不影響這部小說的說服力。

「妳活得不耐煩了嗎？」雀斑女問道。

揚娜貝塔聳了聳肩，又道過謝後逕自下車。

曾經搭過的福斯巴士這時調頭，開上對向車道。揚娜貝塔看到有人從後車窗向她揮手道別。然後揚娜貝塔也拖著沉重的腳步走出車道。

這一帶視野開闊的丘陵地都被一格格的油菜花田染黃了。時間來到六點。太陽已經斜落到西邊的天際，把影子拉得越來越長，呈現出一派和諧的美好氛圍。這裡沒有下雨。這附近，正如眼前所見，暫時還沒有受到影響。

揚娜貝塔拖著腳步，準備走下坡到下個地方。她沒留心「下個地方」的地名，東德邊境附近的路標上有寫明，但她並未刻意去看。這個地方的人都還沒開始逃離，但附近的街道上已經看不到人影，只有一家超市前面還傳來一些聲響：一群人都急著往自己車子的後車廂塞滿食物。整個場面看起來已經不像是一般採購行程，而是達到可以用搶劫來形容的程度了。此外，加油站前也是大排長龍，間雜著此起彼落的嘶吼和叫罵聲。

揚娜貝塔請加油站的員工給她一杯水喝，卻被吼著要她滾開。她只能漫無目的地，以凌亂的腳步繼續往前走，直到快走出這個村子時，她終於意識到自己再也無法忍受這樣的口乾舌燥。她來到一戶人家門前，想按門鈴卻找不到。於是她雙手握拳用力敲門。

這時有扇窗戶內的窗簾有了動靜，揚娜貝塔隨即聽到走過來的腳步聲。半掩著的門開了一條小縫，有個年紀較大的婦人從裡面探出頭來。

「如果妳只是要水喝的話……」從老婦人回應的語氣中明顯聽得出她鬆了一口氣，揚娜貝塔看到老婦人點頭表示同意。接著老婦人又用充滿懷疑的眼神問道：「妳應該不是本地人吧？」

「我是從敘立茲來的。」揚娜貝塔說。

老婦人不知道敘立茲在哪裡，揚娜貝塔還跟她說明了一下。

「靠近富爾達？」老婦人提高音量問道：「那裡都被疏散了。所以妳……該不會也被輻射汙染了吧？」

「有可能。」揚娜貝塔虛弱無力地回答。

老婦人關上門，然後是遠去的腳步聲。過了一會兒，她又走回門前，不過她沒帶水來，只是在緊閉的門後說話。

「不行，」老婦人說：「聽說，從那裡來的人身上都帶有輻射。」她清了清嗓子，又繼續說道：「剛剛還有廣播說，這附近緊急搭建了臨時醫院。妳去警察局吧！請他們帶妳去臨時醫院。」

聽到腳步遠離的聲音，揚娜貝塔還楞在原地站了一下子。

「開始有災民出現了。就像一九四五年一樣……」揚娜貝塔聽到老婦人這樣說。接著又聽到另一個男人的聲音說道：「快去檢查一下後門有沒有關好。」

揚娜貝塔繼續往前走，走出這個村子後還是沿著這條兩旁種滿椴樹的筆直大馬路走下去。有次猛然被橫過馬路的火車軌道絆了一下。大馬路的左右兩側不是花園就是田地。這時，原來的大馬路變窄了，整條路突然轉成上坡的地勢。揚娜貝塔感到一陣噁心，幾乎快要窒息。她趕緊靠在一棵椴樹的樹幹上，馬上就吐了出來。

這個村子景色雖美，揚娜貝塔卻無心欣賞。來到大馬路的盡頭時，整個村子色澤沉穩的紅屋頂盡收眼底。接下來，揚娜貝塔來到一長排欄杆前，先前的大馬路就這樣突然到了終點，沒了前路。路就這樣斷了，田地也突然沒了，只見欄杆外是陡坡，陡坡下是一條無聲無息、悠悠流過的小河。河的對岸有個村子，視線所及，正好被一座年久失修的橋梁殘跡框住。暮色將臨之際，椴樹林間有個看不清楚的告示牌，似乎說明兩德的地界就在這條河中央。

揚娜貝塔靠在欄杆上，又吐了一回。接著她就地倒下，整個人縮在一起，放肆地哭了起來。

第六章

揚娜貝塔已經不記得，到底是誰在路邊找到她，又把她帶到這棟建築裡來的。對於自己被發現的地點，揚娜貝塔真的是一點記憶也沒有。她只記得，當她看到兩旁椴樹的大馬路突然沒了去路時，眼前一片昏暗。不久，她意識到自己正置身赫勒斯豪森村一所學校的教室內。顯然幾天前還有人在這裡上課，因為黑板上還留著教師用標準字體寫下的幾位學生姓名。那些字跡上方被人豪邁地畫了一張大大的臉，那張臉不僅咧嘴大笑，還調皮地吐著舌頭。

整個空間明亮而令人心情愉悅。有面牆上的層架展示了最近勞作課完成的作品：看上去像是用一些在山區溪流裡找到、被磨圓的石頭做成的各種有趣生物，像是小人偶或動物，而且這些作品的臉各個都被畫上可愛的彩繪。從漫畫《高盧英雄歷險記》的主角奧貝利克斯、傳說中被騙去數甜菜的山間精靈「呂貝彩」、藥草女巫到馬鈴薯國王等，各種形象應有盡有。揚娜貝塔想起自己在小學四年級的時候也做過這種彩繪石頭的勞作。她還記得，當時的時間點是在聖誕節前夕，剛好讓她完成了兩個美好的聖誕禮物：揚娜貝塔為奶奶畫了一隻大鼻子山怪，也為外婆畫了綠色樹精。

可是現在窗台上的盆栽都乾枯了，原本在教室裡的桌椅也都被搬出去，只剩一座老師專用的櫃子擺在黑板旁邊，另外還有一個應該是被遺忘的地圖掛架。原本擺放桌椅的地方，現在是緊靠在一起的十九個床位。說是床位，其實最初的兩天也不過是床墊直接擺在地板上而已。

揚娜貝塔從大人們的談話中得知，核災爆發後，緊急在疏散區沿線成立了許多臨時醫院，而這棟學校建築正是其中一處。揚娜貝塔和其他二十五名從附近各地運來的生病或受傷的小朋友，一起被安置在這間教室裡，因此並不是每個孩子都能有自己的床位。幾個年紀最小的孩子，或是兄弟姊妹一起進來，往往就會被安排兩人擠一張床。

揚娜貝塔的床位在一扇窗戶下方。如今她變得比之前更削瘦了，每次看到鏡中的自己，她總要被自己的樣子嚇到。不過想想，誰會看她呢？凹陷的眼睛、又尖又瘦的下巴、蒼白無血色的肌膚、枯燥又雜亂的頭髮。尤其她現在又穿了一件過於寬鬆的睡袍，以至於她看起來就像個遊魂一樣。

她什麼都不想吃。甚至只要讓她看到什麼可以吃的東西，都會感到一陣噁心。不過水和茶，她倒是喝了不少，有時候也會喝點用肉骨熬的高湯。餵她喝東西時，總要有人幫她把頭抬起來，然後把杯子放到她微張的嘴唇邊上，她才有辦法喝下去。

大部分時候，揚娜貝塔只是用空洞的眼神盯著被子看，或是抬頭看那些彩繪石頭。如果有人想和她說話，她就會閉起眼睛、撇過頭去。別人和她說話，她都不做回應，即使是不斷被問到的名字或從哪裡來這類問題。檢查身體狀況時，醫生必須用手指撐起她的眼皮。醫生表示：「她這是驚嚇過度。」因此他們一直沒讓她出院，而是繼續留院觀察。即使如此，每次這位醫生或其他醫生一天一次巡房到這間教室時，他們幾乎看也不看她一眼。畢竟揚娜貝塔既沒有拉肚子也沒有出現嘔吐的症狀，除此之外，她也沒有出血的狀況，更不是那些在邊境管制點受傷的人。相較之下，揚娜貝塔的情況算是比較好的。

臨時醫院裡的人都很忙，沒有人有時間安撫她的情緒，何況在這間挪用教室改成的病房裡，她還是年紀最大的孩子，她必須先把資源讓出來。進到這裡之後，她也沒有拿到過一次換洗衣物，因為還有其他孩子比她更需要乾淨的衣物。

「這什麼爛事！」一位護理師罵道。

「到時候要看補給的情況，」醫生向這位護理師說明：「問題出在組織規劃上。原本就準備不足的救災規劃，遇到這次核災就崩潰了。什麼都沒準備、什麼都沒辦法，就只有那些當官的，跑得比誰都快！」

揚娜貝塔努力回想：當時車諾比核災發生後，媽媽不是向幾個城市的相關單位詢問過，因應重大核事故的發生，一般民眾可以預先做哪些準備？當時她不是才得知，原來許多地方不是沒有，不然就是只規劃很少的避難所？而且許多市立醫療院所因為沒有相關設備，無法收容受到輻射傷害的病患。她還記得：當初媽媽想要親自閱覽救災規劃卻無功而返，甚至被告知，那些規劃不是給一般民眾看的。爸爸和媽媽當時為此憤憤不平，但是，每次他們把這些經歷說給其他人聽時，大部分聽到的人都只是事不關己地聳聳肩。

病房裡瀰漫著一股臭氣。許多孩子出現嘔吐的反應，也有些孩子有腹瀉現象，都只能在病房內就地處理。主要是因為廁所外面大排長龍，臨時醫院人手不足以回應每次呼叫，無法及時送來嘔吐盆或集便器。

只見人不斷來回走動。不時有新病例被送進來，也不時有情況危急的患者遭到隔離處置。也有不少孩子是和他們的父母一起被送進來的，這些父母通常被安置在不同的病房，偶爾會過來探看自己的孩子。有時候，揚娜貝塔晚上睡不著，就會看到幾個為人父母的人，偷偷溜進安置孩子的這間病房，只是為了確認自己的孩子還活著。

揚娜貝塔旁邊的床位躺著一個土耳其女孩，她名叫艾絲，之前住在富爾達。這些資訊是紅十字會一位女性工作人員詢問她時，揚娜貝塔剛好聽到的。艾絲在疏散過程的混亂場面中和父母走散，落得獨自在幾乎空無一人的城裡遊蕩，直到警察巡邏時才被人發現。起初艾絲被安置在申克倫斯費爾德村的一個集中收容所，她在那裡連吐了好幾天。最後那個收容所已經人滿為患，艾絲就被送到這裡來了。

一開始，艾絲問起她名字時，揚娜貝塔不理睬她，當時艾絲一下子就哭了起來。這樣想來，這個土耳其女孩確實很愛哭，尤其是到夜晚的時候。

在臨時醫院的夜裡總不得安寧。揚娜貝塔不斷聽到其他小孩偷偷哭泣，或是呼喊要找爸媽，或是因為被惡夢嚇醒而發出驚恐的聲音。隔壁那間安置幼童的病房，就連在白天，悽慘的嚎哭聲也不絕於耳。

後來因為人手不夠，有兩個母親和一位父親乾脆直接搬進揚娜貝塔被安置的這間學齡兒童房。臨時醫院裡的人每天都在期盼從德國其他非災區過來支援的護理師和照護員。然而，就揚娜貝塔從大人交談時聽到的，那些大人都覺得自己遭到背叛，像是被遺棄一樣。揚娜貝塔了解那種感受。她只要想起剛走進那條兩旁都是椴樹的大馬路時，遇到那位躲在門縫後面的老婦人，她就完全能理解那種感受。總之，因為臨時醫院人力不夠，瘦弱的拉娜的母親才會進來照顧九歲的她。還有另一個看起來和梧利差不多年紀的男孩弗洛里安，原本褐色的捲髮一綹綹落下，他的父母也不得不住進來照顧他。

幸好這三個大人自己的情況並不嚴重，期間，他們也盡力幫忙照顧其他孩子。弗洛里安的父親雖然曾對揚娜貝塔說：「妳沒受到太嚴重的傷害，還可以自理吧！」但是弗洛里安的母親偶爾會坐到揚娜貝塔身邊，用手撫順她的頭髮。每到這時候，都令揚娜貝塔忍不住哭出來。

每次揚娜貝塔要去洗手間時，拖著腳步走在走廊上的她，總不免豎起耳朵仔細聽病患和護理師之間的對話。這讓她很快就意識到，這次的核災一定比當時車諾比的情況還要嚴重許多。據傳有成千上萬的人喪命，而且農舍和畜牧場裡的動物也都死了。不過沒有人知曉確切情況，大家都只是猜測而已。有人說，反應爐的壓力鍋已經爆裂。傳言堅稱，事故情況還沒得到有效控制，事故現場的輻射持續外洩，因此目前德國境內的所有核電廠暫時都停止運轉。

「妳一定要趕快好起來。」揚娜貝塔聽到護理師這樣跟艾絲說：「不然妳就要變成德國境內最後一個土耳其人了。妳的同胞都成群結隊離開了。」

「還有那些原本要申請難民庇護的人也是，」一位女性清潔人員講述：「根本是所有外國人都逃了，還有一堆德國人也跟著跑了。」

這類對話最後總不免講到「那些雲」，那些被輻射汙染的雲會隨著風向到處移動，總能在國內、國外可能被危及的地區造成恐慌。

「簡直是被鬼怪附身的雲！」清潔人員一邊拖著病房地板，一邊說道：「反正這雲哪裡都去，就是偏不往氣象預報的方向走。預報說要吹西風的，它就非得往北跑……」

揚娜貝塔又從分派餐點的婦人那裡得知，食材的價格一天天飆升。另外，為了囤積沒有被輻射汙染的食物，非災區的老百姓也湧入超市搶購物資。

「那學校的課怎麼辦？」拉娜問：「其他人現在上的課，我之後都還要補上嗎？」

「不用了。」拉娜的母親回她：「其他人現在也不用上課了。妳不會耽誤功課，放心吧！」

有一次聽到兩位護理師聊到封鎖區。在揚娜貝塔認真聽過一陣子後，大致理解到現在有三個封鎖區：**第一封鎖區**是格拉芬萊茵費爾德核電廠的反應爐周邊。聽說那附近已經沒有生還者。那一帶未來無限期都無法住人。**第二封鎖區**是從巴特布呂克瑙到科堡，緊鄰格拉芬萊茵費爾德的幾個地方。據說這一層封鎖區內的範圍仍受到嚴重汙染，未來幾年會維持封鎖狀態。恐怕只有原來住在**第三封鎖區**的災民才有可能在未來幾個月內可以返家。

這樣聽下來，敘立茲應該是在第三封鎖區內吧！揚娜貝塔於是開始想像，幾個月該是多漫長的等待，還有萬一她回家後，家人都不在怎麼辦？

想到這裡讓她感到一陣悲痛，她不敢再繼續想下去。自從她被安置在赫勒斯豪森的臨時醫院後，她試著不去想起父親、母親和小凱，尤其是不能讓自己想到梧利。他們都已經走了，獨留她一個人孤伶伶地在這裡。

揚娜貝塔已經進到赫勒斯豪森的臨時醫院好幾天了。但確切到底是幾天，她已經不知道了。倒是這時傳來有政府高層即將來訪的消息：內政部長正在訪視災區，行程預告中也說要來赫勒斯豪森訪視臨時醫院，因為此處有許多在邊境管制點受傷的群眾。

對此，拉娜的母親表現得非常激憤。

「我們需要新鮮空氣！」她喊道：「而且我們的床單也該換了！」

拉娜的母親一度為這些訴求跑到走廊上，但不久後就垂頭喪氣地回到病房內。「沒用的，」她哀嘆道：「我們坐在堆積如山的髒衣服上。聽說床單也被輻射汙染了，所以沒人敢換。乾淨的換洗衣物也送不進來。」

儘管這一天天氣寒涼，她還是打開了窗戶，然後坐回自己女兒身邊，接著從床墊下取出一把梳子，急匆匆地梳理拉娜的頭髮。小女孩的頭髮隨著梳子滑動大把往下掉，揚娜貝塔看到，這位母親如何偷偷把落髮藏到床墊下方，不希望自己的孩子看到。而最近的拉娜身體真的太虛弱了，實在也沒機會把床墊抬起來看到自己的落髮。

「這人真該被送進事故現場去！」弗洛里安的父親大聲道：「那才叫正義！」

「真那樣的話，你要送進去的政客可多了！」弗洛里安的母親說：「不管這些人是不是政客……現在格拉芬萊茵費爾德四周變成不毛之地的範圍，可能都還不夠收容造成此次核災的共犯！可是我們不能抱怨，畢竟我們生活在民主國家，而這些政客都是我們自己選出來的。」

「那我今天可要好好逮住這個了！」孩子的父親喊著。

只見孩子的母親疲憊地撇了撇手。

揚娜貝塔想像著內政部長的樣子：看起來意氣風發、嘴角帶點譏諷意味地向下。這是從電視上看到的內政部長給揚娜貝塔的印象。揚娜貝塔常聽父母談到這個人，兩人都對他的作為感到不滿。

「我要向他提出幾個問題。」弗洛里安的父親又開始說道：「我就要問他，是否真的能問心無愧。」

「放心好了，他身邊那些人根本連靠近都不會讓你靠近。」弗洛里安的母親說：「就算真的讓你問到了，他也絕對能夠面無難色地做出回應。」

弗洛里安的父親這下可說不出話了。

「我只問我自己，真不知道這些人有沒有良心。」弗洛里安的母親說道。

「拜託，」拉娜的母親對弗洛里安的父親說道：「就別鬧了。」

弗洛里安的父親一拳打在他剛為兒子取來的便盆上，這一擊讓便盆發出鑼一般的巨響。接著，他充滿慈愛地把便盆擺在弗洛里安的身體下方，同時俯身安撫因為被他剛才激動的語氣嚇得哭出來的弗洛里安。

大約正午時分，有架直升機噠噠作響地低空飛在學校上方。不久，外頭的空地就開進幾輛警車和一部吉普車。揚娜貝塔直起身來，望向窗外，她很快從幾個下車的人裡面認出內政部長。今天他的臉上沒有掛著一貫的笑容，而是穿著一種連身罩衣站在圍著他的警察和便衣隨扈之中。所有這些人，可能是內政部長的下屬，或是地方部門的代表。有位表情嚴肅到幾近陰鬱的醫生上前致意，一行人隨即消失在揚娜貝塔的視線範圍內。

揚娜貝塔離開自己的床，她想要走到有石頭勞作作品的層架那裡。五步、六步……竟是如此遙遠的距離！她終於搆到牆上的層架，一把抓住距離最近的石頭人偶。

「妳去那裡做什麼！」拉娜的母親對著揚娜貝塔喊道：「快回到床上來！」

揚娜貝塔依舊站在層架旁。她感到自己虛弱極了，一身冷汗直冒出來。她滿是期待地看向弗洛里安的父親，而弗洛里安的父親正筆直地站在幾張床之間。整間病房突然安靜下來，裡面的所有人似乎都在仔細聽著什麼。現在隔壁房裡清楚傳來幼兒嚎啕大哭的聲音。

外面的走廊響起腳步聲混雜著各種嘈雜聲。揚娜貝塔盯著病房的門看。可是，當門開啟時，揚娜貝塔既看不到內政部長也看不見他的隨扈。因為開啟的門完全擋住了揚娜貝塔的視線。

「這間病房安置的是情況較輕微的學童。」揚娜貝塔聽到醫生介紹：「這裡的孩童約半數有機會度過這次難關。」

內政部長打了招呼。只有拉娜的母親和幾個孩子怯怯地回應。揚娜貝塔偷偷看向弗洛里安的父親，只見他這時反而不發一語。

「醫師，您說得對，」揚娜貝塔聽到內政部長說：「很糟糕。這裡的情況實在太糟糕了。我會馬上吩咐下去，務必讓貴院優先取得所需物資。以最急件優先處理。一切會很快好起來的。」

揚娜貝塔舉起握著石頭人偶的手。她不解，弗洛里安的父親……為什麼他現在一句話也不說？還想著這問題時，病房的門已經關上了。部長應該很趕時間吧！就這樣，拋出的石頭人偶撞在門板上，旋即重重摔落在地板上。

「那梧利呢？」揚娜貝塔喊道：「他要怎樣好起來？還有我的父母、小凱和外婆呢？」

病房裡的其他孩子目瞪口呆地看著揚娜貝塔，因為之前她一直很安靜。

「妳瘋了嗎？」拉娜的母親大聲說道。

「還有小慕阿姨和她的孩子呢？」揚娜貝塔嘶吼著。

外面的走廊傳來一陣嘈雜聲，好像是其他病房裡的病患都聚集到走廊上了。原本躺在艾絲隔壁床的小女孩呼喚著自己的母親。

「那我呢？那我呢！」揚娜貝塔喊道：「還有這裡的孩子呢？所有的一切要怎樣重新好起來？」

「安靜！」拉娜的母親喊道：「回去妳的床上吧！」

但是揚娜貝塔緊抓著牆上的層架不放，她只覺得自己眼前直冒金星。走廊上的嘈雜聲越來越大聲：充滿威脅意味的叫喊、眾人齊聲鼓譟的聲音、大聲哭泣的聲音，期間偶爾聽到部長說話的聲音。然後聽到什麼碎片的聲音，原來是有扇門被重重甩上，關了起來。接著嘈雜聲忽然平息下來。揚娜貝塔所在的這間病房裡有幾個孩子爬下自己的床，擠在門後面從門縫窺看外面的情況。

「他離開了。」幾個孩子像報馬仔，爭相說道：「還有，過道上的彈簧門壞了。現在全部的人都回到自己的房間去了。」

「唉！孩子啊！」弗洛里安的母親走過來帶揚娜貝塔回到她自己的床上，說：「妳說的沒錯。可是這樣下去總不是辦法。」

弗洛里安的父親坐在自己兒子身邊的床角上，雙手懊悔地抱著頭。

「她真有勇氣！」弗洛里安的母親對孩子的父親說。

「是勇氣嗎？」艾絲聽到大聲回道：「那是憤怒！」

第七章

自從內政部長來過後，揚娜貝塔開始進食了，而且完全是一副餓得不得了的樣子。她心中重新燃起了希望。每次只要有人開門，她就會滿懷希望地看過去。她想著，自己的父母、小凱和外婆怎麼會就這樣死去呢？

說不定他們早就及時逃出來了，剛好趕上最後一班火車，或是剛好搭上公車而且沒遇上塞車，一路暢行無阻地離開市區了。或許哪天手上抱著小凱的媽媽就會出現在病房門口，臉上還掛著微笑！父親也會張開雙臂站在門邊，等著擁抱劫後餘生的家人！

揚娜貝塔也開始說話了，尤其是和隔壁床的艾絲。她告訴艾絲自己的名字、跟艾絲說了梧利的事，就連小慕阿姨懷孕的事也跟艾絲說了。艾絲也告訴揚娜貝塔，自己有個德國男朋友，今年十五歲。不過艾絲的父母禁止兩人交往。

「他叫呂迪格。」艾絲說：「我就是要繼續和他見面！」

但同時，艾絲也經常溫柔地說起自己的父母和兄弟姊妹，往往說著、說著，淚珠就在眼眶裡打轉。

內政部長來過後兩天，有貨車載來補給物資。終於可以換上新的床單，也運走堆積如山的髒衣物。揚娜貝塔和艾絲也得以換上乾淨的睡袍。護理師搬了一些袋子和紙箱進到病房，把裡面的物品擺進教師專用的儲物櫃或放在牆面的層架上。孩子們撿起被丟進垃圾桶的石頭人偶玩了起來。

新的照護人力也來了：有一位女護理師、一位男照護員和兩名替代役男。其中一名替代役男被分派協助照顧兩間兒童專用的病房，是個科隆人。大家以科隆傳統偶戲故事中的丑角的名字「提納斯」叫喚他，他也不排斥。提納斯是個健談的人，他帶來許多外面的新情報。

「死了一萬八千人。」提納斯在餵食一個孩子時，這樣說道：「死亡人數每天還在增加。前天已經宣布全國進入緊急狀態。」

不只這間病房裡的孩子專注地聽他說話，不少成年的病人也擠在這間病房門邊側耳傾聽著。

「從科堡、拜洛伊特到艾朗根都已經完成疏散作業，」提納斯說：「目前正在撤離烏茲堡和周邊地區，因為據報可能要吹北風。甚至東德，從朔爾到頒納貝格全部都清空了。可是該死的核電廠輻射仍然持續外洩！派去處理的專家團隊一支接一支，都只為了那座可惡的髒東西！抱歉！我太激動了。但事實就是這樣。」

他手上拿了一個便盆就要走出去，卻在孩子的呼喚聲中留了下來。

「繼續說。提納斯，我們還要聽！」

「剛開始的幾天，大概有半個歐洲的人都躲進地下室去了。」提納斯晃了晃手上的便盆，繼續說：「就連法國人也一樣。像我們在科隆，街上是一點動靜也沒有。大概只有那些快餓死的人，才會想方設法偷溜出來。政府機關、工廠、商店、學校……全都關起來了，想要問問題也沒地方問。以往遇到問題總是知道該怎麼辦的老人家，這次也都說不出話來了，大家都不知道接下來該怎麼辦。我姊是快抓狂了：她有兩個孩子，一個三歲、一個五歲。然後她就這樣連續幾天跟兩個小毛頭窩在地下室！所以最後兩個孩子也都被她修理了。但就算以後可以不用躲在地下室，情況可能也好不到哪裡去。畢竟到處都有輻射汙染，總不能讓孩子到外面亂跑。照理說，整個歐洲中部最上面一層土壤都要被剷除，其實是該這樣做的。但這樣一來，人們要吃什麼呀？連吃了好一陣子罐頭食品，只要聽到哪裡有進口的阿根廷肉品新鮮到貨，整個街區馬上就大排長龍。還想要吃到德國鄉下產的新鮮農產品嗎？哎呀！想都別想啦！我家人現在都要在門口脫了鞋才敢進門。至於暴露在室外的院子以後怎麼辦，大家都還沒想到。每次只要一下雨，我媽就開始哭。我爸在出事隔天就把家裡的兩條狗殺了。那可是他很寶貝的兩條狗呀！畢竟留著，就要帶牠們出去遛達。再說，誰會沒事在家裡囤一堆狗糧！最先我爸是想讓兩條狗安樂死的，可是這時候根本沒有獸醫願意出門。我爸當然也不敢出門。所以最後才會決定用斧頭砍了兩條狗。」

聽到這裡，弗洛里安哭了起來。

「那現在呢？」拉娜的母親問：「情況有比較正常一點了嗎？」

「正常？」提納斯說：「什麼才叫『正常』？像這裡的一切都不會再恢復正常了，我想您知道我說的是什麼。就說我父親吧：他已經失業了。以前做的是國際物流方面的工作，現在已經沒有哪個國家會讓我國的貨車開過邊境。還有，機場方面也不再有那麼多運輸需求。反正已經沒有什麼人會想進到這個國家來，只有許多想出去的人，而且真出得去的人，也沒幾個國家願意接納他們。就是這樣，各位。完全如此。我說完了。結束。阿們！」

現在臨時醫院裡面也有兩台電視機：其中一台是新的護理師帶來的，放在醫院的員工休息室裡。另外一台是最近和其他物資一起送來的。眾人決議，這台電視會輪流在各病房之間移動，因此那台電視機所到之處，所有還能站起來行走的人就常常擠到那間病房去。由於這會造成醫師和護理師的困擾，最後，新來的護理師只好在白天時把自己那台電視機放到走廊上一方小桌子上面。另外，提納斯也在到職後第一次周末休假過後，把自己的黑白電視機帶過來了。

「給你們看的。」提納斯一邊說著，一邊把層架清空，然後把電視機擺上去。

從此，所有孩子都躺向讓自己能看見電視螢幕的方向。但是，現在電視裡不再播放之前他們熟悉的那些有趣又好玩的兒童節目。電視上播的幾乎只有新聞，都是些關於災區的報導、尋人啟事，或是專家談話。此外，每個小時還會播報關於氣候、風向和輻射值的最新資訊，而且背景音樂通常聽起來都很嚴肅。

電視上正播報著災區外數百萬遭到撤離的民眾和災民的安置情形，揚娜貝塔屏氣凝神地聽著。這群無家可歸的人被分散安置在全國境內尚可住人的地方，其中不乏強硬措施，比如所有的住房都要編列造冊並接受強制管理。畫面轉到一名暴怒的別墅女屋主時，艾絲笑了出來。這位女屋主不願收容從災區來的人，特別是其中還有人帶了三個孩子！但現實是，她必須收容這些人。

開始播報每日新聞時，多數孩子都轉過身去。於是提納斯想關掉電視，但揚娜貝塔和艾絲請他讓她們繼續觀看接下來的報導內容。

她們看到幾場規模盛大的示威遊行活動報導。這些遊行活動主要訴求關閉所有歐洲境內的核電廠，並要求內閣應該為此次事件辭職下台。其中有一場遊行活動造成六人死亡。抗議群眾的怒火主要指向內政部長。

「這個人只會黏在他的辦公椅上，」剛好走進來的提納斯說：「在他訪視災區的行程中，有幾次都差點要讓人揍死了！」

東德不斷提出抗議，要求西德給出相應的損害賠償。在捷克斯洛伐克，則有憤怒的群眾集結在德國大使館前示威。奧地利人也從幾天前開始，聚集在與德國南部巴伐利亞邦交界處抗議。現在他們已經被禁止跨到德國這邊的國境來。

接下來報導了國際間的募款活動。報導稱，這是自第二次世界大戰以來最大規模的募款活動，這時艾絲打了個呵欠。揚娜貝塔倒是想起，有次校慶園遊會為了替非洲饑民募款，她拿著募金罐勸募的事。不過，揚娜貝塔確實也累了：一天之中得到這麼多新的又讓人難以置信的消息！

但是，接著畫面中出現的尋人啟事，讓這兩個女孩又一下子清醒過來：螢幕上出現的盡是父母在找自己的孩子、孩子要找父母、失蹤老人，或是身分不明死者的照片影像。這些資訊都來自尋人檔案和受難者名單，由一位播報員負責宣讀姓名和戶籍地址。

「這些尋人檔案啊！」提納斯進一步說道：「都是紅十字會的人蒐集的。如果妳們願意把家人的名字寫給我，或許我可以幫妳們打聽一下。好嗎？」

兩個孩子都覺得眼前的人簡直太棒了！

「幾乎是像呂迪格一樣好的人！」艾絲說。

揚娜貝塔則是想到自己班上的幾個男孩，雖然都是不錯的人，卻沒有一個是令她傾心的對象。就算是無所不知、無所不能的艾勒馬也不是。揚娜貝塔想像中的理想男友應該是要像小慕阿姨的丈夫賴哈德這型的，不過，當然要比他更年輕一點。

之後即使主燈熄了，揚娜貝塔仍然和艾絲輕聲細語地聊了好一段時間，兩人都無法入睡。揚娜貝塔想起那些死者的畫面。她想到，如果父親、母親、小凱和外婆真的都罹難了……看起來也會是那個樣子嗎？

一萬八千人死亡、數十萬人受到輻射傷害、受到輻射汙染的地區、有幾個城市未來幾年內都無法住人、禁區、用刺鐵絲網圍起來的封鎖區……揚娜貝塔試著想像這一切，但結果只是讓她更沮喪。

接下來幾天，揚娜貝塔更是不想錯過任何新聞節目。她想要知道一切、想了解所有鉅細靡遺的內容。

「妳知道我在廁所聽到幾個女人在聊什麼嗎？」艾絲低語道：「她們說，核電廠周邊幾公里範圍內，只要有人想逃走都被射殺了，因為那些人都受到嚴重的輻射汙染。妳相信這種事嗎？」

「不信。」揚娜貝塔說：「我才不信這種事會發生在我們國家。」

艾絲突然盯著門看。她瞪大了眼睛，嘴裡喊著一些土耳其語。接著看到她跑向一個身形瘦高、黑髮、唇上留了一抹鬍子的男人，對方則張開雙臂迎接她、把她抱起來，然後激動地把她擁入懷中。

原來是艾絲的父親來了。他從北海的萬各魯格島來。艾絲的家人都被安置到那裡了。父女兩人緊緊靠在一塊，坐在艾絲的床上說話，不時帶著激動的手勢。旁邊的揚娜貝塔一句話也聽不懂。只見隔壁的父女兩人一次又一次，哭了又哭。

兩人的舉止動靜太鮮明了！

對此，揚娜貝塔更感到自己形單影隻，她只好轉身面向牆壁。揚娜貝塔想著，隔壁床應該很快會換另一個小孩來住了吧！

但是到了晚上，艾絲的父親並沒有帶走女兒就先離開了，原來是醫生還不讓艾絲出院。

「醫生說，至少兩個星期內無法出院。」艾絲送父親到門口後，哽咽說道：「現在我們全家都必須把返鄉的規劃往後延！都是因為我！」

「返鄉的規劃？」揚娜貝塔問：「妳是說回土耳其嗎？……可是妳回去了，那呂迪格怎麼辦？」

艾絲沒有回答。

這期間，揚娜貝塔已經知道，自己來到臨時醫院已經兩個星期又兩天了。

「如果接下來一周沒什麼特別不舒服的症狀，應該就是好得差不多了。」醫生說：「妳幸運地撐下來了。再觀察一個星期，我就能讓妳出院了。」

「出院去哪裡？」揚娜貝塔問。此時她想起的是敘立茲。但是現在敘立茲也不讓人進去了。到小慕阿姨和賴哈德住的巴特基辛根也行不通。

紅十字會派來一名婦人協助填寫尋人啟事的表格。對於獨留在臨時醫院、沒有父母在身邊的孩子，這位婦人總是非常有耐心地詢問相關細節。而今她走到揚娜貝塔的床邊。

「我們現在已經知道妳的名字了，」婦人說道：「可是在我查問之後，至今還沒找到妳雙親的登記資料。」

揚娜貝塔盯著她看。

「再怎麼樣，他們不是還活著就是死了。」揚娜貝塔說。

「當然。」紅十字會的婦人答道：「不過尋人檔案只收錄了一小部分被疏散民眾的資料，而且罹難者也沒有那麼快登記到死亡名單上。妳一定要有耐心。每天都會有新的名單進到尋人檔案裡面。除了災區，妳在其他地方應該還有親人吧！」

當然，還有住在漢堡的黑兒嘉。可是，如果還不知道爸爸、媽媽、小凱和外婆的下落，就必須到黑兒嘉那裡去……噢！不！揚娜貝塔如何也不願意那樣的情況發生。

「我把通訊簿弄丟了。」揚娜貝塔回覆紅十字會的婦人，說道：「通訊簿和我的腳踏車一起，都留在阿斯巴赫的鐵路路堤上了。」

揚娜貝塔隱瞞了其實她早就把黑兒嘉的住址背下來這件事。她還不想被送到黑兒嘉那裡去。她也還不想打電話和黑兒嘉聯絡。因為就她認識的黑兒嘉，要是黑兒嘉一知道她在這裡，一定會馬上趕過來接她，而且在爸媽能把揚娜貝塔接回自己的身邊前，黑兒嘉還會幫揚娜貝塔決定她所有的大小事。另一方面，如果揚娜貝塔的父母都不在了，那她就必須與獨居的黑兒嘉同住，而黑兒嘉向來是個想成為所有人榜樣的人……

不！揚娜貝塔另有打算，她想偷偷離開臨時醫院，去找爸爸、媽媽、小凱和外婆。以前她讀過一個二戰時期的故事，故事中的女孩就是一個人去尋找自己失蹤的家人。在歷經千辛萬苦的長途跋涉後，女孩終於找到家人，於是所有的事情都有了好的結局。當時揚娜貝塔讀到這個故事，還感動得掉了眼淚。

她還想再等幾天，說不定他們的名字很快就會出現在尋人檔案上了，或者，爸爸或媽媽會親自到這裡來呢！

「提納斯，你幫我打聽了沒？」揚娜貝塔問道。

「等周末，」提納斯保證：「到那時我就有空了。」

揚娜貝塔現在經常望向窗外，說不定爸爸或媽媽隨時都可能出現……。這期間她閱歷了不少，她看到那些家屬臉上滿是期待地來過之後，有些人像是鬆了一口氣，也有些人懷著沉重悲傷的表情離開。她也看到，病患被送了進來，出去時卻是一具棺材。想到這裡，揚娜貝塔又看到紅字會的婦人來了。當婦人進到揚娜貝塔所在的病房時，她向婦人招手。

「請問您有我父母的消息了嗎？」揚娜貝塔迫不及待地對著婦人大聲問道。

可是紅十字會的婦人表現得像是什麼也沒看到、沒聽到那樣。病房的另一角有位醫生正在為一個孩子做檢查，婦人逕自走到那裡去和醫生說話。接著揚娜貝塔看到兩人往她的方向看了一眼後，婦人就走到她的床邊。

「沒什麼新進展。」婦人神色哀傷地說：「讓我們再耐心等一下。」

「可憐的揚娜貝塔。」說話的是艾絲。

此刻揚娜貝塔微微感到一股怒意。

星期一的一早，提納斯準時出現在揚娜貝塔所在的病房。這天的他看起來和平時不太一樣。

「你打聽到了嗎？」揚娜貝塔大聲問他。

沒有。提納斯沒有打電話到紅十字會詢問，他去法國邊境參加了一場示威遊行。揚娜貝塔知道那場遊行活動：星期天晚上的新聞播報時間，報導了這場以抗議法國能源政策為訴求的示威活動。法國甚至出動軍隊以維持秩序，有六名德國人和兩名法國人在活動中喪生。

「我爸媽也參加了這次示威遊行，」提納斯搖著頭說道：「就在人群裡面！各位啊！請你們想像一下！」

提納斯向揚娜貝塔保證，下次有機會，他一定會打電話到紅十字會幫她詢問她父母的下落。

這幾天，揚娜貝塔不再每天躺在病床上，她開始和艾絲一起幫護理師做些事。除了陪其他孩子玩，遇到身體狀況太虛弱而無法自己拿起湯匙把食物送進嘴裡的孩子，揚娜貝塔也會幫忙餵食。她還會說、唱那些她以前從奶奶那裡學到的故事和歌謠給其他孩子聽。揚娜貝塔撫慰了其他孩子不安的情緒。

「揚娜貝塔、揚娜貝塔！」聽到孩子的呼喊聲，即使覺得自己的身體還很虛弱，揚娜貝塔還是會走過去。有時候她筋疲力盡地倒在床上，只要一聽到有哪個孩子喊她，她就馬上站起身來。她就是想讓所有人都看到，她已經可以不用住院了！

艾絲也想偷偷跑出醫院。兩人不僅確定了一起逃出醫院的計畫，也早已談妥所有細節。反正提納斯不可靠，他經常開車去洗衣店，又去麵包店，但每次回來總是有事情忘了做。比如第一次他說是忘了要打電話這件事，但是第二次開車出去回來又說找不到時間打電話。最後揚娜貝塔和艾絲都覺得，提納斯就是想方設法在躲她們。

近日，同病房裡有幾個孩子死去。其中一人是身體無法承受急性肺炎的侵襲，另一個孩子是單純狹心症，第三個是弗洛里安。才幾天時間，弗洛里安就這樣走了。弗洛里安走得突然，以至於他母親不斷喃喃唸道：「一定是弄錯了、一定是弄錯了……」總要到弗洛里安的父親大聲吼她，才願意停下來：「現在是夠了沒！已經夠糟了！可以閉嘴了！」

當醫院的人要把孩子抬出去時，做父親的卻哭了出來。揚娜貝塔在窗內目送他們離開。這讓她想起母親在車諾比核災後作的一首詩，當時母親還把這些詩句寫在一塊標牌上去參加示威遊行活動。那幾句詩是這樣寫的：

一呀、二呀、三四五……

誰會害怕車諾比？

什麼輻射單位毫侖目和貝克！

小小孩很快就會死去。

輻射

穿雲而來。

而你

也

完了！

臨時醫院前庭的另一側站著幾個小男孩往這裡張望。這些當地的孩子絕不會靠近原先自己學校的窗戶或門，他們只會從任一個他們自認為安全的地方怯怯地往這裡看，並且隨時做好逃跑的準備。因為有人告訴他們，學校應該已經被輻射汙染了。

這天晚上，艾絲開始發高燒。隔天上午開始，揚娜貝塔也沒了食欲。她只覺得自己全身無力、身體發熱而且出現腹瀉症狀。她的扁桃腺腫脹、疼痛。醫生俯身檢查，並用手撫過她的頭部。抽出手時，指尖掛著的是揚娜貝塔成把的淺褐色落髮。醫生憂心忡忡地點點頭：果然……

原先偷跑出醫院的計畫已經無法成行。現在揚娜貝塔只能羨慕地看著即將出院的拉娜，她有親戚來接。她真幸運！

病房裡大部分的孩子情況比較像艾絲和揚娜貝塔：通常在看起來健朗的幾天後，身體狀況又變得比之前還糟。加以高燒和腹瀉的折磨，這些孩子不是不舒服地呻吟著，就是無精打采地嗜睡。一天早上，艾絲突然歇斯底里地大喊大叫。原來是她梳自己頭髮的時候，厚厚一把濃密的黑髮隨著她的梳子掉下來了！同時，她的頭皮也有幾處出現禿頭的情況。揚娜貝塔伸出手臂摟著她，想要安慰她，卻被她一把揮開。其他孩子受到驚嚇紛紛看向艾絲，再偷偷地摸了摸自己的頭。

「孩子啊！頭髮掉了又不會痛。」護理師試著安慰艾絲，說：「再說，之後還會長出來。」

揚娜貝塔害怕自己哪天也會禿頭的心情悄然爬上心頭。想到，如果有個女孩禿頭並不會招來同情，只會讓人覺得很奇怪。於是，揚娜貝塔開始想像，被人嘲笑會是怎樣的感受。這一想，讓她決定不再梳頭髮了。

醫生做檢查時，揚娜貝塔表現得很冷漠，但她依舊感受到幾位醫生都無奈地聳聳肩。

「所有這類病例應該送到專責醫院。」揚娜貝塔聽到一位醫生對護理師這樣說。

「但是這類病例有幾萬人啊！」護理師回道。

「幾萬人而已嗎？」醫生反問後，又說：「是幾十萬人！另外還有未來幾年內才發病的人沒算在裡面！」

醫生壓低了聲音說話，然後指了指艾絲和揚娜貝塔。揚娜貝塔半閉著眼睛，看到醫生的手指向自己，說道：「美好的未來！我只要想起……」

醫生沒有再說下去，只是一臉疲憊地繼續往前走。艾絲弓著身體在床上翻來覆去，嘴裡不斷低聲呻吟。最後她跪在床上，背對床頭，又深深地往前伏倒，直到頭都碰著了床墊。

「妳在做什麼呀？」揚娜貝塔驚呼。

「我在禱告。」艾絲邊喘著氣，邊擦汗水。

「妳相信禱告有用嗎？」揚娜貝塔問。

艾絲沒有回答，只是閉眼伸直了上身後，又往前伏倒。接著連續幾次同樣的動作：起身—伏倒、起身—伏倒……不久，揚娜貝塔閉上了眼睛。

接下來幾天，不斷有重病的孩子被抬了出去，他們原來的床位還留有餘溫，馬上又有新的孩子住進來。揚娜貝塔已經沒有力氣對那些要被送走的孩子揮手道別，現在她附近床位的熟悉面孔只剩下艾絲一個人，可是最近艾絲只想和她聊自己頭髮的事。艾絲總要求揚娜貝塔看自己的後腦勺，然後告訴她目前的髮況。揚娜貝塔也很擔心自己的頭髮，她會請艾絲幫忙梳自己的頭髮時務必放輕力道地梳。不過艾絲總能梳下一大把頭髮，惹得揚娜貝塔又怒又泣。

揚娜貝塔對母親和父親的想念日益加劇。她想著，如果自己的父母中任一人坐在她的床邊，至少應該會用手輕撫自己的頭髮。噢！不！不能摸頭髮！……但至少也會充滿關愛地看著她，就算只是這樣也好……沒錯！揚娜貝塔很確定，只要這樣，自己應該就會馬上好起來，可以馬上站起來、走出去。

「天上的父啊！」揚娜貝塔祈求著：「求祢護佑他們平安無事地來接我。」最後她還加了一句：「不然就是這世上根本沒有神的存在。」

揚娜貝塔對上天提出條件，這是在試探上天。她想要數到五十，這是讓天主把自己的父母帶到眼前，她願意給出的時間。數到四十三時，門打開了。揚娜貝塔抬起頭來，不過進門的只有拿著體溫計的提納斯。

「提納斯，」揚娜貝塔有氣無力地問道：「你到底幫我問了沒？」

「問了。」提納斯嘴上雖然回答了，卻有意避開揚娜貝塔的視線。他說：「他們並沒有登錄在尋人檔案裡。一直沒找到。」

「我外婆也沒有嗎？」揚娜貝塔無助地問。

提納斯搖搖頭，說：「上天才會知道他們在哪裡吧！」又說：「反正一時之間存在各種可能性。總之妳要先好起來，之後我們再來看該怎麼辦。」

「我覺得你只是在安慰我。」揚娜貝塔說。

有支體溫計從提納斯手上的托盤掉出來，他必須先把碎片收拾乾淨。不久，房裡每個孩子都量過體溫後，提納斯走過揚娜貝塔的病床時摸了摸她的頭。

「別碰我的頭髮！」揚娜貝塔驚恐地說：「只要稍微靠近，頭髮就會脫落。」

揚娜貝塔往上抓住提納斯的手，一直握著，維持在眼睛上方的位置，直到提納斯被人叫走。

這天晚上揚娜貝塔又開始想看電視新聞。只是才幾天沒關心，她現在一時竟跟不上報導的進度。現在報導的是政府改組的事，提到哪些人下台、迎來哪些新成員，以及新成員宣誓就職等內容。在波昂的政府辦公區出現多起門窗遭襲的破壞事件，也有多起未經申請核可的示威遊行活動。參加示威遊行的人很多，其中不乏從災區來的人。活動發言人稱，參加活動的人數多達五萬餘人，然後出現一群街道清潔人員正在清理碎片的畫面。接下來的特寫鏡頭中出現兩隻倒在草地上的死鹿，發言人表示，在巴伐利亞邦北部和東部已經有成千上萬的野生動物死亡。

在草地上發現死亡的鹿……這畫面不得不讓揚娜貝塔想到梧利。她不禁閉上眼睛，把頭撇開。

艾絲請提納斯帶條頭巾給她，揚娜貝塔則表示自己想要一頂毛帽。隔天早上，提納斯果然搬來一個裝滿毛帽的箱子。這些童用毛帽都是提納斯挨家挨戶蒐集來的，裡面有些有縫補過的痕跡、有些毛線已經磨平，或有些有褪色的情況，但已經足夠讓孩子們搶成一團。把一條頭巾遞給艾絲時，提納斯特別做了個微微躬身的敬禮姿勢。艾絲開心地把頭巾圍上後，還把最後一綹髮絲拉出頭巾，露在額頭上。

「這樣別人還看得出來嗎？」她問道。

揚娜貝塔搖了搖頭，接著試戴了自己拿到的毛帽，又想到：戴著毛帽躺在床上？好像有點奇怪。於是，揚娜貝塔摘下毛帽放進枕頭下方。

揚娜貝塔沿著牆緩步走到廁所時，在走廊上遇到提納斯。他對她笑了笑，說：「有沒有人跟妳說過，妳有一張跟傳說故事中被水神拐走的莉洛菲公主一樣美麗的臉？」

揚娜貝塔靠在牆上，努力壓抑住一股想要吐的感覺。

「我的臉才沒像莉洛菲公主！」揚娜貝塔說：「不管別人怎麼說。頂多像我爸媽或祖父母，除此之外，我的臉才不會隨便像誰。」

「我只是不知道還可以用什麼來形容……」提納斯有點抱歉地說。

「你好好看著我。」揚娜貝塔說：「好好記住我現在有頭髮的樣子。再過幾天我的頭髮就會掉光了。」

「那只是外表而已。」提納斯說。

「難道你真覺得有哪個男孩會喜歡上一個沒有頭髮的女孩子嗎？」揚娜貝塔問。

提納斯看著揚娜貝塔，然後抬起頭像看黑板上畫的水循環圖，平靜地說：「頭髮一點也不重要。要是有人不這樣認為，妳也不用把他看在眼裡了。」

說完，提納斯對她點點頭後走了過去。看著提納斯離去的背影，揚娜貝塔試著不讓眼淚流下來。回到病房後，揚娜貝塔將提納斯對她說過的話轉述給艾絲聽。

「我們的情況不同。」艾絲陰鬱地說。

「雖然他們都說頭髮還會長回來，」揚娜貝塔說道：「但是我才不相信。現在我什麼都無法相信了。」

「什麼都無法相信了嗎？」艾絲問：「所以妳也不相信，妳父母還活著嗎？」

揚娜貝塔想了一下，說：「不是這樣的。我信！我相信他們還活著！」

隔天早上，揚娜貝塔以微笑面對走來的提納斯。只見提納斯心不在焉地回了一個笑容。

「聽聽他們的說法！」提納斯大聲說：「現在法國人在他們自家的核電廠周邊抗議！但他們的政府仍不斷重申，法國有全世界最安全的核電廠，所以像我們的格拉芬萊茵費爾德核電廠發生的意外**永遠**不會發生在法國！」

「這些話我以前不是也聽過了嗎？」提問的是一位剛好路過的醫生。

提納斯轉身向揚娜貝塔，問道：「那妳對法國這番爭論有何看法呢？」

「沒看法。」揚娜貝塔說完，轉身面向牆壁。

揚娜貝塔正發著高燒，而且腹瀉的情況也未曾好轉。現在她的床單上到處散落著她頭上掉下的頭髮，成把、成把的頭髮。她已經好幾天沒梳頭髮了。期間有一次，艾絲抓到她的頭髮，接著就看到留在艾絲手上的一大把頭髮。揚娜貝塔頭頂上從此就留下一塊沒有頭髮的頭皮。

「看到了吧！」艾絲邊說邊笑。

揚娜貝塔則是回敬了一巴掌，然後請護理師給她一把梳子。拿到梳子後，揚娜貝塔氣憤地梳了好久的頭，梳到頭髮都掉光了，只剩耳際稀疏幾根小毛髮。最後才取出枕頭下的毛帽，戴在自己頭上。

提納斯跑來告訴她一個新消息：「妳的資料現在已經在尋人檔案上了！連同這裡的地址。」

這個消息只是讓揚娜貝塔感到更不安。因為她從來沒想過，自己哪天也會被列入尋人檔案中。

「妳的親人很快就會來了。」提納斯說。

揚娜貝塔陷入沉思。她想著，如果爸媽和外婆還活著，他們一定會到紅十字會的尋人服務處找她的下落。或許有一天，也許就是今天或明天，門會打開，然後真的看到母親或父親……。艾絲正忙著把從頭上滑落的頭巾重新綁好，但終究身體還是太虛弱了，以至於冒出汗來。

「幫我一下吧！」她語帶請求地說。

揚娜貝塔裝作沒聽到。自從上次艾絲抓了她的頭髮後，她就不再和艾絲說話。她把毛帽往下拉到蓋住耳朵，然後找到一個可以讓她隨時看到病房入口的角度躺下。

第八章

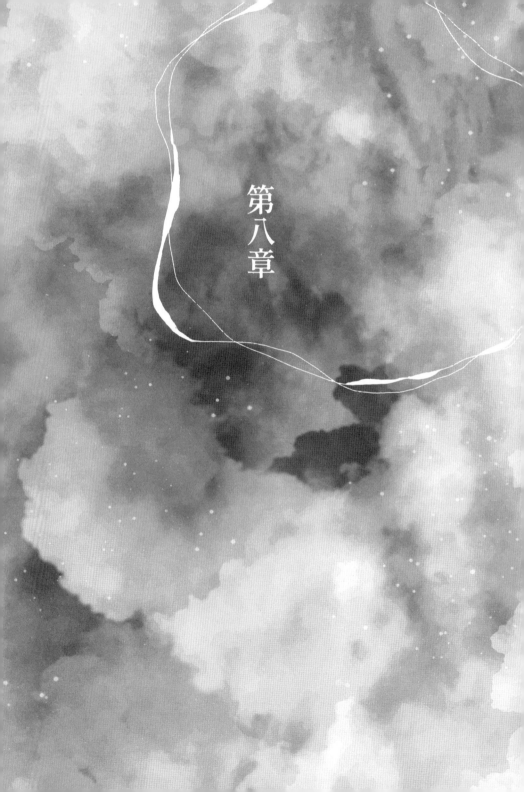

四天後，半夢半醒之間的揚娜貝塔隱約感覺有人彎下身體看她。

「揚娜貝塔！」一個女人的聲音輕柔地喊著她的名字，還有一隻冰涼的手撫著她的手臂。

受到驚嚇的揚娜貝塔睜開眼睛，但是眼前站著的並不是她連日來思念的人，而是黑兒嘉，是父親的姊姊、住在漢堡的黑兒嘉・邁訥克。

「原來妳在這裡啊！」黑兒嘉說：「為什麼妳這麼晚才納入尋人檔案？我以為妳和妳父母一樣，已經……」

「怎樣？」揚娜貝塔追問：「他們怎麼了？」

黑兒嘉驚訝地盯著她看：「妳不知道嗎？」

揚娜貝塔搖搖頭。她的臉隨即扭曲起來，淚水盈滿她的眼眶，接著又倔強地問道：「妳是從哪裡知道的？他們又不在名單上……」

黑兒嘉握著她的手，點頭說：「有。他們在死亡名單上……如果妳說的名單指的是這個的話……」

「小凱也是嗎？」揚娜貝塔幾乎是用氣音問道。

「是的。」

「外婆也是？」

「是的。妳外婆也是。」

揚娜貝塔這才喊出聲來。她的聲音又大又尖銳，病房裡的孩子都害怕地盯著她看，有幾個年紀比較小的也跟著她大喊大叫起來。提納斯衝進病房，緊隨在後的還有一位護理師。他們請黑兒嘉站到一旁去，然後俯身要安撫揚娜貝塔，而揚娜貝塔只是不停地向他們揮著拳頭。

「都是騙子！」她喊著，同時扯下戴在頭上的毛帽往提納斯臉上丟去。提納斯緊緊抱住揚娜貝塔，接著護理師往揚娜貝塔身上扎了一針，揚娜貝塔這才慢慢停止叫喊和掙扎。雙眼闔上後，揚娜貝塔還呻吟了一會兒，最後終於完全安靜下來。

「我也是好意，」提納斯說：「妳病得這麼嚴重……」

提納斯把揚娜貝塔的毛帽放在她的被子上，馬上就被她揮掉。提納斯也只能聳聳肩，看著毛帽再次掉到地上。剛好有人從走廊叫喚提納斯，他才如釋重負地跑開。黑兒嘉坐到揚娜貝塔床邊，後者雙眼緊閉，不久後就睡著了。

揚娜貝塔在幾個小時後醒來時，黑兒嘉已經不在身邊。時間看來已經入夜，只見角落亮著的緊急照明燈顯得蒼白。有扇窗子開了一條縫隙，可以看到外頭月光皎潔。明亮的月光灑落在病房牆上，讓人幾乎可以聞到嫩葉和新鮮泥土的味道。揚娜貝塔想起自己的父母。她是多麼想念他們！她想起一次到隆恩山的健行。那時她坐在背帶上，隨著父母親的步伐，擺盪在兩人之間。父母逗她玩，嘴裡喊著：「小寶貝，飛高高！」把她拋得高高的。她一點也不害怕，因為她很清楚，只要在爸媽身邊，什麼壞事也不會發生。當時她還喊著：「我還要！我還要飛高高！」

後來擺盪在父母之間，玩飛高高遊戲的人換成了梧利和小凱，而且那條背帶也用得很舊了。上次小慕阿姨來訪時帶走了那條背帶，她想依照原樣做一條新的。這條背帶是外婆設計的，外面買不到。

小慕阿姨如果還活著，也不用把那條背帶還回來了。現在邁訥克一家發生天翻地覆的變化，再也不會有小寶貝乘著它飛高高了。

揚娜貝塔想到小凱。小凱是個胖嘟嘟的健壯小男孩，臉頰上有酒窩，小手背上也有。更特別的是，下巴竟然也有個像酒窩的凹陷處。揚娜貝塔無法想像，這樣的小凱竟然死了。畢竟小凱一直是個活潑的孩子，就像奶奶形容他像「不倒翁」一樣。外婆也跟母親提過，說：「這孩子呀！要是哪天可能一不留神把他留在外頭院子裡過夜，隔天早上開門才發現他就算滿身是雪，也會坐在門口對妳笑，而且還不會打一個噴嚏。」

想到外婆……外婆身上總是帶著甜美的茴香香氛。她原本烏亮的一頭捲髮，現在已經變得花白。外婆喜歡把頭髮中分、外婆的褐色眼珠、外婆上唇上方有些細毛，還有外婆下巴的小酒窩。小凱下巴的小酒窩應該就是從外婆那裡遺傳到的吧！外婆每三、四年就要搬家一次，而且每次都會丟掉一大堆「廢物」。

「我這叫輕裝便行。」揚娜貝塔常聽外婆這樣說：「什麼！我竟然住在亞克比街三年了！所以現在我該換個地方住囉！不然我會整個人牢牢黏在這條街上了。」

每次搬家的「廢物」裡面，有很多是被丟到垃圾桶的照片。唯獨有個舊相框裡的照片總是隨著外婆搬家，進駐她的每個客廳，從來沒有消失過。照片中是個二戰時期的軍人：穿著過大的制服、往後梳的頭髮，樣子怎麼看都顯老氣。但照片中的人有張令揚娜貝塔喜歡的臉。聽說他在戰爭快結束前不久過世，死時才十八歲。從小，揚娜貝塔就為此傷心不已。

就是照片中的這個軍人給外婆取了「揚娜」這個小名。他死後，她就不允許任何其他人用這個小名喚她。戰後過了幾年，外婆和一位卡爾・尤斯特結婚，並生下一個女兒，也就是揚娜貝塔的母親，最後兩人離婚。但外婆從來沒有對照片中逝去的人不忠，這點外婆曾對揚娜貝塔提起過。後來外婆的女兒，也就是揚娜貝塔的母親，生下一個女兒，想要同時以自己母親的名字和婆婆的名字為新生兒命名時，外婆就抗議了：

「拜託！別叫這可憐的孩子約翰娜。如果要依我命名，就給她取名『揚娜』吧！」

在外婆離婚多年後，她三十五歲那年又生了一個女兒。那是個生來一頭黑髮，長大後髮色也沒有變淺一點的女孩。外婆從未提過這孩子的父親是誰。有次揚娜貝塔問小慕阿姨，她的父親是誰，小慕阿姨當時爽快地回答：「還能有誰呢？當然是妳外婆那張照片上的軍人呀！」

外頭照進來的月光沿著牆面移動。聽到艾絲低聲呻吟，揚娜貝塔把一條胳膊伸過去碰碰她。揚娜貝塔摸到艾絲的手，覺得溫度很高，她趕緊喚來護理師。病房往走廊的門很快就打開了，探頭進來的是一個沒見過的女人。

「發燒了嗎？」女人問：「妳不需要因為發燒搞出這麼大的動靜吧！這裡有哪個人不發燒！照顧你們的護理師洛特小姐睡著了。連續十六個小時值勤，中間完全沒休息。就讓她睡吧！明天早上有的是時間。」

揚娜貝塔緊握艾絲的手，她可以感覺到艾絲急促跳動的脈搏。她努力想要保持清醒，但眼睛很快不聽使喚地闔上了。夢中揚娜貝塔看到梧利的那位女老師，女老師開著車經過梧利身旁時從開了縫的車窗內喊著：「來吧！梧利，快上車。你可以坐在行李箱上面，稍微低下頭，應該還坐得下。」

從臉到褲底都髒兮兮的梧利轉過頭來，帶著詢問的表情看向揚娜貝塔。

「上車！梧利，快上車！」揚娜貝塔大聲喊著說：「那朵雲就要來了！」

梧利跑到車子旁，可是車子沒有停下來。

「我沒法停車！」梧利的老師喊道：「我後方來車太多了！」

「請您把車門打開，」揚娜貝塔大聲說：「這樣車輛行駛中，梧利也有機會爬進車內！」

可是車門卡住了。梧利整個人掛在車門外，被車拖著走。

「雲！那朵雲來了！」揚娜貝塔聽到自己的呼喊聲。

梧利老師後方的車子正駛出車道，打算從右側超車。一陣塵煙捲起，伴隨引擎的嗚嗚聲，一輛車很快就開到前面去了。

「不要這樣大喊大叫！」護理師搖晃著揚娜貝塔的身體說：「妳會把大家吵醒！」

揚娜貝塔受到驚嚇，隨即放開艾絲的手。

「梧利體溫很高。」揚娜貝塔口齒不清地說。

「妳說誰？」護理師問。

「噢！艾絲，」揚娜貝塔說：「是艾絲。」

護理師彎腰整理一下艾絲的床，然後把床推出來。這時在原本並排的床鋪間留下一個空位。

「她死了嗎？」揚娜貝塔問。

「噓！」護理師輕聲說：「怎麼會死呢？她只是換個病房而已。」

用過早餐後，黑兒嘉又出現了。原來晚上她住到村子裡的旅店了。

「妳應該沒有睡多久吧！」黑兒嘉說：「整晚我也沒睡好。」

她猶豫地環顧了四周。

「這裡的情況真是不可思議。」她說：「這樣的景象竟然出現在這個富裕的國家裡！」

「妳沒跟上最新情報吧！」隔張床有個正在照顧自己孩子的父親說：「我們現在是發展中國家！」

黑兒嘉沒有回應。

「為什麼妳沒問我梧利的事？」揚娜貝塔說：「他肯定沒被列入尋人檔案，也不在任何名單中。」

「可能是我自己也害怕聽到答案吧……」黑兒嘉說。

揚娜貝塔盯著黑兒嘉看，只見她直挺挺地坐著，簡直是展現自制力的最佳典範。

「任何時候都不可以失態！」揚娜貝塔聽爺爺這樣訓誡過。爺爺不喜歡有人在他面前掉眼淚。不過父親和爺爺不一樣，揚娜貝塔見過父親哭。比如之前有次梧利病重躺在醫院裡，連醫生也要父母不要抱太大希望時；或是車諾比事故後，父親和母親花了幾個星期時間準備一場活動：當時他們規畫了一場論壇，邀集各黨代表前來參加，請這些代表就這個主題：「我們的核反應爐有多安全？」與來參加的民眾進行問與答的雙向對話。但在最後一刻，只來了一個人，其他政治人物都臨時拒絕出席。當時父親極為光火，情緒失控。於是母親成了唯一還可挽救一場活動的人。母親走上沒有演講者的講台，不帶評論地宣讀那些政客的拒絕信。讀完後，她開放讓那些與會民眾進行討論。彼時揚娜貝塔就坐在通往講台的台階上，看著這整個過程。對於那些人說的內容，揚娜貝塔雖然理解的並不多，但是看那些上台說話的人講得激動、表達出內心的恐懼與憤怒，整場活動反應熱烈。而且整場活動瀰漫著濃郁而辛辣的香菸煙霧。

「他到最後一刻都和我在一起。」揚娜貝塔說：「我們沒有和爸媽一起去士文福。我們騎腳踏車逃出敘立茲。他死了，是被車撞的。」

黑兒嘉站起來，轉過身去，走出病房。揚娜貝塔從窗戶看著她離開。黑兒嘉走過臨時醫院前庭，消失在幾棟房舍之間。

黑兒嘉回到揚娜貝塔身邊，約莫是一個小時之後的事了。

「抱歉。」黑兒嘉說。

「這裡每個人隨時想哭就哭。」揚娜貝塔說。

「我做不到。」黑兒嘉說。

黑兒嘉已經和醫生談過了，但醫生還不讓她把揚娜貝塔帶走。

「我會安排妳到漢堡的醫院治療。」黑兒嘉說：「那裡雖然也有不少醫護人員前去災區支援，但我想，那裡的環境還是對妳更好。到時會讓妳住進雙人房……」

「我要留在這裡。」揚娜貝塔毫不猶豫地說。

黑兒嘉無奈地聳聳肩，說：「隨便妳吧！我不會強迫妳。妳已經夠大了，應該知道自己在做什麼。但妳還是考慮一下吧！」

道別時，黑兒嘉的精神好些。她勸揚娜貝塔把毛帽戴起來。

「至少妳到外面時要戴起來。」黑兒嘉說：「還是說，妳要故意嚇人啊？」

「我又沒什麼好隱藏的。」揚娜貝塔說：「我沒頭髮，就是這樣。而且以後我必須這樣活下去。」

最後，黑兒嘉請揚娜貝塔暫且不要讓還在西班牙馬約島度假的爺爺奶奶知道，父母和兩個弟弟都已經過世的消息。

「他們肯定無法承受這些令人難過的消息，」黑兒嘉說：「或許以後有機會，我們再一次……噢！不！慢慢地讓他們知道。」

在揚娜貝塔問到，爺爺奶奶度假結束返鄉後該住哪裡時，黑兒嘉馬上顯露出她會把一切都安排妥當的個性：在第三封鎖區解除封鎖前，就讓爺爺奶奶住到她那裡去。

黑兒嘉的說法是：「我會想辦法盡量讓他們晚點回國。」她說：「他們越晚回來，這裡的生活就恢復得越正常。」

到時這個做女兒的會跟兩老說，他們的兒子和媳婦帶兩個孫子到專門的療養院治療了，而且那所療養院不開放訪客探視。

「不。」揚娜貝塔說：「至少**我**不會和妳一起騙他們。」

「難道妳忍心看自己的祖父母心碎嗎？」黑兒嘉問道。

揚娜貝塔注視著她，但沒有回答。

「那妳就閉嘴，什麼都不要說吧！」黑兒嘉哀求道，她摸了摸揚娜貝塔的光頭。還要三個禮拜，這是醫生說的，再三個禮拜就可以出院了。

「到時我來接妳。」黑兒嘉說：「到時漢堡就是妳的新家。覺得難過的時候，就想想這個。」

「阿慕特和賴哈德呢？」揚娜貝塔問：「我本來要去找他們的……」

「我不知道他們現在人在哪裡。」黑兒嘉說。

「妳找過尋人檔案嗎？」揚娜貝塔問。

黑兒嘉猶豫了一下，然後搖搖頭。

「妳不用怕我受到刺激。」揚娜貝塔說。

「先假設他們還活著吧！」黑兒嘉不耐煩地說：「反正他們無論如何都不可能住在原來的住處了，應該是以被撤離民眾的身分被安置在某個地方了吧！所以妳不能再去造成他們的負擔了。和我一起住妳會有自己的房間。對了！原本住在哈斯福的符里梅一家，核災爆發後也住到我家了。妳還記得他們嗎？是妳奶奶那邊的親戚。不過他們兩人頂多待到第三封鎖區解除封鎖，而且都是很文靜的人……」

黑兒嘉離開後，揚娜貝塔把手臂墊在頭下方，盯著天花板看。快到中午時，她獲知艾絲過世的消息。

揚娜貝塔還待在赫勒斯豪森的這三個禮拜中，陸續有許多孩子死去。那段日子過得很慢。唯一有變化的是每天的新聞報導，還有……每晚的夢境。

有時候，揚娜貝塔覺得自己的黑夜比白天更累。因為白天裡，她總是昏沉沉地受到各種嘔吐、發燒和頭痛的折磨。光是想抬起頭，都讓她覺得難受。而且只要提納斯靠近她的床位，她就把眼睛閉起來。

可是她害怕夜晚到來。到了夜裡，就會在夢中看到本濟錫老師拿槍射殺一隻漂亮的牧羊犬。或是看到班上成績最好的艾勒馬，看他站在山坡邊上屋子的陽台上，手裡正舉起一張紙巾，任紙巾隨風飄揚。

「東南風！」他是這麼喊的：「吹的是東南風！」

特雷太納和米特納這兩家人，想要翻過巴特赫斯菲爾德火車站的圍牆；與此同時，因為湧進的人潮，揚娜貝塔在月台上第二次把郝柏勒家的孩子弄丟了。揚娜貝塔又聽到幾個小女孩的哭聲，她想要幫她們，但無論如何就是搆不到她們，接著就再也看不到她們了。

揚娜貝塔醒來，滿頭大汗。

不過沒多久，她又站在赫勒斯豪森一戶人家的門前按門鈴。沒想到來開門的不是別人，竟然是索爾陶太太。索爾陶太太對著門縫說：「先把妳弟弟帶來，我才會給妳喝的。」

接著是她和好朋友麥珂，還有住隆恩山區的英格麗，艱難地走在一片一望無際的油菜花田裡面。她想要找到梧利，卻怎麼也找不到，雖然不斷聽到梧利的聲音輕輕地喚著：「咕咕、咕咕！」

英格麗害怕地說：「我想，我們最好不要找下去了，不然我們會把這裡踩壞了。」

有次揚娜貝塔看到梧利了。揚娜貝塔在綻放的油菜花之間，看到梧利的金色髮絲。可是到她走近時，梧利又不見了。這時麥珂說：「我開始覺得無聊了。我不想玩了。」

「梧利、梧利！」揚娜貝塔喊著：「你出來吧！我們不玩了！」

揚娜貝塔又聽到身後有「咕咕、咕咕！」的叫聲。當她轉過身時，矗立眼前的卻是炸得粉碎的格拉芬萊茵費爾德的核反應爐殘骸。

這時賴哈德和小慕阿姨也突然出現。兩人頭上都沒有頭髮。他們手上拿著棍子，正在攪動地上的灰塵。

「不要！」揚娜貝塔嚇得大喊：「那些東西都還在發散輻射。快跑！」

但是他們好像聽不到，繼續攪動著地上的灰塵。然後揚娜貝塔看到兩人在哭泣。揚娜貝塔跑向小慕阿姨，想要把她拉開，但是賴哈德牢牢抱住小慕阿姨，哽咽地說：「揚娜貝塔，我們還沒找到。妳要有點耐心。我們不會先走的。」

揚娜貝塔在夢裡揪著、扯著，然後再次在大汗淋漓中醒來。但是當她再度睡下，發現自己站在椴樹大道盡頭，原來椴樹大道就終止在一條河道裡。二次大戰結束前，這裡本來有座橋橫跨河的兩岸。此刻揚娜貝塔可以清楚看到那座橋的遺跡。在進入村子前的河對岸，外婆那張照片中的軍人就站在那裡。揚娜貝塔正走在其上，那條往村外方向的路，到了他腳下就中斷了，不再往前延伸。有那麼一會兒，照片裡的軍人幾乎踩到自己的長大衣而差點跌倒。他看起來像是正在為什麼事情感到不安。他在崖上來回跑，還不時對揚娜貝塔做手勢。他突然指向揚娜貝塔後方。揚娜貝塔疑惑地轉過身去，又馬上倒退一步：原來是赫勒斯豪森的天際線後方積聚了一大片烏雲。那片烏雲來勢洶洶地往這裡移動，過程中體積還不斷擴大，很快就布滿了大半天空。是雲！

揚娜貝塔站在崖邊。兩德邊界就在這條河中間。她只能絕望地看向對岸。

「飛起來！揚娜貝塔！」外婆照片裡的軍人對她喊著。

「我不會飛！」揚娜貝塔大聲地回應對方。

就好了！」

「飛！」軍人再次喊道：「妳可以的，揚娜貝塔！只要張開兩隻手臂，讓自己往下掉

揚娜貝塔再次轉頭看了一下，然後就這樣跳了下去。沒想到，她真的飛起來了！她飄浮起來了！沒想到這麼簡單，而且感覺這麼美好……

「看吧！」揚娜貝塔來到照片中軍人的面前時，對方說：「我們死人是可以飛的。妳很快就會習慣了。」

「我死了嗎？」揚娜貝塔問。

「妳覺得這樣不好嗎？」軍人笑著說：「妳該為此感到高興。現在開始不會再有什麼壞事發生在妳身上了。」

這樣的情形，日復一日在夜間持續出現。有時候爺爺和奶奶、信用合作社的行員，還有肉鋪的女店員也會出現在揚娜貝塔的夢中。或有時候，她會在夢裡看到那三個和她同車回家的高年級男生，也會看到勞斯的歐寶老爺車輾過一戶人家前院的花圃。

唯獨自己的爸媽、小凱和外婆未曾入夢……

嘔吐和腹瀉的情況逐漸好轉。雖然瘦小的身體還很虛弱，揚娜貝塔還是懷著不安的心

情嘗試踏出第一步。有時提納斯想要幫忙扶著她，馬上就會被打發走。揚娜貝塔一天又一天努力地練習，她的體力在慢慢恢復中。由於不想出院，日子就這樣一天天拖過去。

但那一天終究還是來了。黑兒嘉來接她的那一天到來時，赫勒斯豪森臨時醫院裡面已經不再有任何人、任何事，會讓揚娜貝塔留戀不捨的了。只有幾個她在這期間關照過的孩子眼神哀戚地看著她，而她也只是向他們揮手道珍重。

從頭到腳一身新衣，讓揚娜貝塔看著自己也覺得陌生。黑兒嘉為她備置了昂貴的內衣褲，這些高價衣物聞起來完全就是格拉芬萊茵費爾德核電廠發生事故前的奢侈氣味。至於腳上的鞋子，則是她從沒穿過的樣式。另外，還有身上穿著的黑色長褲和高雅的黑色毛衣，都讓她的行動看起來既僵硬又拘束。

一上車還未坐定，黑兒嘉馬上遞給揚娜貝塔一頂黑色帽子。那是一頂半是無簷帽、半是貝雷帽樣式的帽子，看起來應該也是價格不菲。揚娜貝塔接過手後，馬上把帽子放到後座去。

「如果是我就會把它戴上。」黑兒嘉皺起眉頭，說：「許多人如果知道身邊有從災區來的人，會做出奇怪的反應。有些旅舍還會拒絕遭撤離的民眾投宿，尤其……尤其是如果患者外表明顯看得出來的話……這些店家的說法是，這些人投宿會影響到其他客人。」

「我了解，」揚娜貝塔苦澀地說道：「他們都不想記起曾經發生過的事。」

「反正我說了，如果是我就會把帽子戴起來。」黑兒嘉強調。

但是揚娜貝塔不為所動，仍然沒有伸手去拿帽子。

「我**就是要**提醒他們想起來！」揚娜貝塔說完，往後靠向椅背。她感受到車行中，一股夏日溫暖宜人的氣流吹拂過她的頭頂。她又深吸一口氣，感受空氣中流淌的雲杉木香氣。樹林是多美好的存在呀！好一段時間以來，她看到的只有幾面白牆。

「我們現在的處境已經不容易了，不要再讓它變得更艱難。」黑兒嘉說。

「我沒什麼好藏的！」揚娜貝塔粗聲說道。

「隨妳便！」黑兒嘉回她：「到時候吃虧的是妳自己！」

黑兒嘉一路沿著小路開到埃胥維格市，車行的地方都離邊境不遠。為了避開輻射汙染區，她特意繞了一大段彎路。途中，揚娜貝塔意識到，現在令人不安的不只是那些所謂的災區。因為有次停車小歇時，揚娜貝塔想要跨進路旁的樹叢，卻引來黑兒嘉一陣驚呼。

「那些全都被輻射汙染了吧！」黑兒嘉喊道。

「我也是啊！」揚娜貝塔說：「妳忘了嗎？」

雖然天氣很暖和，她們一路都緊閉車窗。「以防萬一」。黑兒嘉如此認為，她還要揚娜貝塔不要隨意喝路邊的泉水。

「我們無法得知那是否安全。」黑兒嘉說。

抵達哥廷根時，黑兒嘉才敢把車開上連接卡塞爾通往漢堡的高速公路。期間，兩人一度到一個公路休息站用餐。揚娜貝塔看到標價時，簡直不敢相信自己的眼睛。

「現在肉類都是進口的，蔬菜也是。」黑兒嘉解釋：「只有馬鈴薯還是國產的，這些都是之前收成的。明年應該也要從其他國家進口了吧！當然，是對那些買得起的人來說。」

「那些買不起的人怎麼辦？」揚娜貝塔問。

「只能買較便宜的……」黑兒嘉回說。

揚娜貝塔點點頭，心裡想：這就是貧富之間的新差異啊！

她以挑釁的眼神回應其他客人鬼鬼祟祟的目光。她仰頭大笑，結果鄰桌一群人站起來，換到距離較遠的另一張桌子。揚娜貝塔刻意試著對這些舉動視而不見。直到回到車內，她才覺察到自己已經嚇得說不出話來了。

第九章

剛到漢堡的頭幾天，對於遠離格拉芬萊茵費爾德的此處一如既往的正常生活，揚娜貝塔感到非常驚訝。

如果能忽略喪服、周邊壓抑的氛圍、符里梅一家兩口和每天固定停電的幾個小時，住在黑兒嘉這裡其實和前幾次來玩沒有兩樣。在這裡，揚娜貝塔有自己的房間，而且黑兒嘉也提前為她準備了充足的換洗衣物和一些中規中矩的深色衣服。黑兒嘉甚至還在揚娜貝塔房裡擺了一台看起來不便宜的唱片播放機和不少唱片，唱片的內容都是古典樂，從巴哈到卡爾・奧福應有盡有。

核電廠事故後，漢堡市內的學校停課三周，現在也重新開學。黑兒嘉是高年級數學與化學教師。她通常早上出門，中午左右回家。下午的時間，她會在書桌前工作幾個小時，不是準備隔天上課的內容，就是寫信或改作業。有時候她也會出門採買沒有受到輻射汙染的食材。偶爾揚娜貝塔想和她一起去，她總是揮揮手拒絕，理由是：要先尋找和打聽哪裡可以買到什麼，然後四處奔走張羅，之後還要提著買到的東西回家。總之，做這些事對現在的揚娜貝塔來說還是比較吃力。黑兒嘉認為，揚娜貝塔暫時還是應該在家好好休息。

然而，事實上揚娜貝塔也無法有太多靜養的時間。因為黑兒嘉認真看待她現在的責任，所以安排揚娜貝塔到不同的醫生那裡做檢查。據黑兒嘉自己的說法，安排的都是知名的專家。之後，揚娜貝塔開始接受治療，必須服用藥物，並且少不得要在候診間坐上幾個小時。但是當她向醫生詢問情況時，醫生也只是不置可否地聳聳肩。

「對於輻射造成的疾病，目前我們還沒有什麼經驗。」幾個醫生都說：「妳的頭髮有很大的可能會再長出來，但我們也無法做任何保證。」

可能、可能也不會。這類無止境的不確定性，就是有辦法消磨人的意志，把人搞得如此緊張、疲憊。

大多時候，揚娜貝塔是自己一個人待著。她刻意避開符里梅夫婦，因為她實在不知道可以跟他們說什麼。此外，她也感受到和黑兒嘉之間越來越緊繃的氣氛。尤其是黑兒嘉極有教養的自律表現，揚娜貝塔一點也不想和她一樣。還有，黑兒嘉在教養、行為舉止和傳統等方面都有很高的要求，每想到這裡就讓揚娜貝塔感到不悅。只能說，黑兒嘉的責任感未免也太強了！

「妳差不多該回學校上課了，」約莫一個星期後的某天，黑兒嘉說：「不然妳太久沒上課，會忘記之前學的。」

揚娜貝塔一驚：學校？好像是好久以前的事了。而且最近她還常感到疲累，身體也還很虛弱。沒有一個晚上能好好休息，那些瘋狂又晦澀的夢境總是不斷折磨她。

但是黑兒嘉堅持她必須去上學，符里梅夫婦也認同她的看法。同時，揚娜貝塔覺得自己太弱了，她完全無法反抗黑兒嘉的意志。最後，黑兒嘉幫揚娜貝塔申請到她任教的學校就讀。

翌日一早，揚娜貝塔懷著不安的心情到新學校報到。她不是班上唯一一個新來的學生。學校重新開始上課後，還有另外三名災區來的學生進到這個班級來。這所學校的每個班級幾乎都有兩名以上這樣的新進學生，而且這些新生多數都剛失去親人。

揚娜貝塔並不是特例，因此她當然也想和其他遭到撤離的災區學生有所聯繫。

第一天就有個來自巴特布呂克瑙的女孩氣沖沖地問她：「妳為什麼這副樣子在外面到處晃？」

說時，女孩指著揚娜貝塔的光頭。

「難道我要為此感到羞愧嗎？」揚娜貝塔問。

「羞愧倒是不必，」女孩說：「但妳也不必把自己的不幸公開展示給別人看吧！」

一個班貝格來的男孩陰鬱地點頭表示贊同。

「妳這樣做不只害到妳自己，更害到我們所有人。」另一個臉色很差的金髮女孩說：「好歹也戴頂帽子吧！我們是『被爆者』沒錯，但沒必要讓所有人都注意到這點。」

「『被爆者』是什麼?」揚娜貝塔問。

她這才知道，這個名詞是用來形容當年日本廣島受到原子彈攻擊後的生還者，如今也套用在格拉芬萊茵費爾德核電廠事故的倖存者身上。

「我是個『被爆者』……」揚娜貝塔站在黑兒嘉浴室裡的鏡子前，打量著自己，自言自語道。

其實就算不是光頭，如今的揚娜貝塔看起來又瘦又病，很難不讓人側目。她現在走在路上，旁人看她的眼光就像看待其他輻射受害者一樣，沒有不躲得遠遠的。就是這樣的異樣眼光，讓她和其他同病相憐的人一樣，必須在盛夏的大熱天裡戴起帽子和頭巾!就是那些從眼角流洩出來、充滿好奇與憐憫的眼光!

她很快就知道：沒有人會在背地裡開她玩笑或嘲笑她，也沒有人會認為她無禮。然而即便如此，無論是在學校或在公車上都沒有人願意坐在她旁邊。她也從符里梅夫婦那裡聽到，他們認識的人中，有人被迫更換安置的住所，因為原來那棟公寓的所有人不願意接收災區來的撤離民眾入住。

「對他們來說，我們太可怕了。」巴特布呂克瑙來的女孩說：「他們覺得，我們身上還可能發散著輻射。雖然很大的可能我們確實也是如此。」

揚娜貝塔偷偷看了她的髮際線，發現她戴了一頂假髮。

「我認為不僅如此。」班貝格男孩說：「比如那些因為戰爭逃離家鄉的人，他們身上並沒有輻射。但是戰後，他們也不想被人知道自己是戰爭難民的身分。我的祖母出身中歐西利西亞地區，她就跟我提過這種心態。因為僥倖活下來的人不想要隨時被人提醒，不想記起那些沒有那麼幸運的人。因為他們自己需要幫助，而且他們也有受人幫助的權利！」

揚娜貝塔很快就察覺到，其實在漢堡的生活並不像她剛抵達此地時看到的景象那樣平常。上學途中，她會看到販售食品的商店前面大排長龍。對此感到訝異的揚娜貝塔有一次問起原由。

「這裡有美國來的奶粉。」被問的人回答道。

「如果哪裡有未受輻射汙染的東西進貨，買就對了。」符里梅表舅媽說。

「當然啦！只要是買得起的話。」符里梅表舅補充：「現在那些第三世界國家，如果剛好有食物可以賣給我們，他們可高興了。就算是最後一丁點廢料，只要是可以吃的，他們扒也要為我們扒出來。當然，我們得用錢去換！」

「那我們這裡的農人呢？」揚娜貝塔問。

表舅做了個無能為力的手勢，說：「就別指望了。他們養的禽畜大多逃不過被撲殺的命運。畢竟沒有人會買這些肉品。現在只有北部這裡，還有南部的阿爾卑斯山區多少能產點牛奶，但這些牛奶仍然不適合給兒童和年輕人飲用。」

「我們自己都不喝了。」表舅媽突然插進這一句話。

「照理說，這些牛奶在車諾比核災後就不能再對外販售。」表舅說：「但就算做了各種努力，農民還是撐不下去。」

「唉！就說我那片原本照顧得很好的菜園吧！」表舅媽不無哀怨地說：「我根本想都不敢想了。整個德國應該很快就會到處看得到雜草叢生的景象！」

此後，揚娜貝塔在上學途中看到更多不堪的景象，比如她會經過一座以前的倉庫和一家電影院，現在這兩棟建築都安置了災民和被撤離的民眾。學校的體育館現在也暫時收容了災民。學校廣場和體育館之間架起了木柵欄，有時揚娜貝塔會從縫隙窺看柵欄另一側的情形。她看到小孩子在一旁玩，而大人不是靠在體育館牆邊，就是坐在臨時釘起來的長椅上曬太陽。他們看起來有點衣衫不整。有人閉著雙眼打盹，也有人兩眼無神地盯著前方看。許多人看起來不是有些病容，就是疲累不堪的樣子。不過，只看到幾個人光頭，而且幾乎都是男性。但是有些女人包著頭巾，還有許多孩子頭上戴著毛帽……現在可是大熱天！有些難民兒童想爬到柵欄上，好奇地觀看學校廣場上的動靜，馬上就會被管理員驅趕下去。

「他們靠什麼生活？」揚娜貝塔問班貝格男孩。

「有大鍋菜供他們食用，」男孩說：「衣物部分有紅十字會打理。災後不久曾經發起一次募集衣物的活動，幾家成衣商也捐贈了滯銷的產品或庫存。醫療方面的情況，我就不清楚了。不過這方面，我們國家總會提供必要的協助。至於其他部分，在一切安頓好之前，暫時會發零用金支應。這些事我是從四年乙班一個男孩那裡聽說的，他就住在那裡。他曾經因為買不起運動褲和運動鞋，全班同學就湊給他。」過了一會兒，班貝格男孩繼續說：「近日國會正在商議受災撫恤金事宜，以解那些眼下一無所有的人的燃眉之急。」

之後某日，揚娜貝塔在學校交誼廳遇到以前富爾達學校的同班同學艾勒馬。艾勒馬也幾乎光頭了，而且臉色黯淡無光。

「艾勒馬！」揚娜貝塔高興地喊道。

艾勒馬轉過頭來，揚娜貝塔看到對方也露出高興的表情。一整個下課時間，兩個人都待在一起。只是對於其他同班同學的下落，艾勒馬也一無所知。

「應該有幾個人已經罹難了吧！」艾勒馬說道。

「大多數人出發得太晚了，既然要撤離，應該更早之前就要動身了。真是我國政客的典型作風！擺明不討喜的政策就沒人敢承擔起責任。」

在揚娜貝塔心中，艾勒馬總是知道怎麼做比較好，而且他說話的口氣完全像個成年人。

「我們家也是路上開始大塞車後才出發，」艾勒馬說：「因為我父親一時找不到某些文件，而我母親想帶的東西又雜七雜八的太多了。現在她人躺在醫院裡，苟延殘喘。我和父親暫時寄居在親戚家。真是令人作嘔！寄人籬下的我們就只為了表達感激，得卑躬屈膝地頭低到不能再低了。但是再怎麼說，總也好過住到學校體育館裡。想到這裡，對於卑躬屈膝這樣的事就只能自己想通：被輻射汙染的人就是要接受別人的施捨與同情。畢竟我們現在都是這個國家的殘障人士。」

上課鈴響起，艾勒馬陪揚娜貝塔走到她的教室門口。途中，在一片喧鬧的人群間，艾勒馬告訴揚娜貝塔自己的父親退出教會的事。他說：「以前他每個星期天早上都敦促我好好去望彌撒。」艾勒馬說：「現在他覺得自己敬愛的主沒有庇佑他，讓他感到憤怨。我父親覺得自己受到不公平的對待，他反而不怪他自己選出來的政客，或是怪他自己。」

快走到教室門前，艾勒馬急匆匆地說：「格拉芬萊茵費爾德核電廠事故後我想了很多，也想到關於這方面。現在我非常確定，未來要走得下去，就要摒棄『他』。」

「你說誰？」揚娜貝塔問。

「妳覺得我指的還有誰？」艾勒馬伸出食指往上指了指說。

一時之間，揚娜貝塔感到十分不安。她不知道，眼前的人還是原來那個從容鎮定、陽光開朗的優等生艾勒馬嗎？自兩人上次見面以來，她自己也有這麼大的改變嗎？

現在揚娜貝塔不時躺在床上，一躺就是好幾個小時，因為她總感到疲倦。她做任何事，總要極力克服這種倦怠感。大多時候，她沒做功課就去上學，而且經常在學校上個兩節課，最多三節課，就感到頭痛欲裂。回到家後，也只是勉強吃幾口食物，就躺回床上幾個小時。而且為了不被打擾，還會從房內把門反鎖。

「妳真的可以幫忙做點家事。」黑兒嘉皺起眉頭說，每當她說話的語氣帶有責備意味時，就會出現這種表情。黑兒嘉接著說：「好歹某種程度上，妳和我也算一家人。」

這番話著實嚇壞了揚娜貝塔。不！她們以前不是一家人，以後也不會是。這個姑姑給她的感覺，還是像以前來玩時看到的那個樣子。於是，黑兒嘉坐在書桌前備課或寫信時，揚娜貝塔不悅地把用過的餐具放進洗碗機裡面。至於採買食物的任務現在則由符里梅夫婦負責。

某種程度上，過去黑兒嘉一直是維繫家族關係的核心人物。想知道東家叔伯或西家姨婆最近怎樣，問她就對了。現在她正試著了解所有住在災區的家族成員下落。不斷有寄出的信件被退回來，上面還加註：**「查無此人及遷移新址不明」**，但是黑兒嘉鍥而不捨，至少她找出揚娜貝塔的父親是在士文福去世的，時間點可能就在核電廠事故當天上午，而她母親和小凱是在金基溪上游的紅十字會帳篷裡面離世的。小凱先走，她母親在四天後也跟著走了。至於外婆，她只知道外婆死了。對黑兒嘉來說，外婆不算這個家族的一份子，她也不想和阿慕特聯絡。揚娜貝塔必須自己想辦法從尋人檔案中找到聯絡地址。不過那裡也只記載：「目前在威斯巴登市比爾施塔特區某小學」，寄到這個地址的信最後還是被退了回來，信封上加註了一行字：**「查無此人及遷移新址不明」**。

「在尋人檔案中，妳現在登記的是我這裡的住址。」黑兒嘉對揚娜貝塔說：「一有機會，妳的小慕阿姨就會找到這裡來的。」

直到深夜，揚娜貝塔一直聽到黑兒嘉在打字。黑兒嘉寫信給所有親戚，請他們絕對不要寫信讓爺爺奶奶知道，他們的兒子、媳婦和兩個孫子都已經離世的消息。黑兒嘉自己會去信給自己的父母，要他們安心。

「我跟他們說，妳父親和家人都在一家醫院。」黑兒嘉告訴揚娜貝塔說：「他們的身體健康目前只是暫時受到一些影響……」

「對！對！通篇謊言！就妳在臨時醫院跟我說的那一套！」揚娜貝塔打斷她的話：「而且還要告訴他們暫時不能寫信過去，因為那間醫院與外界嚴密隔離。妳要這樣說，不是嗎？」

「對！我是說謊了！」黑兒嘉生氣地說：「可是我這麼做也是為他們好。」

「他們會相信這個說法嗎？」揚娜貝塔說：「如果是我，才不會相信妳編的那些內容。」

「他們會信的。」黑兒嘉說：「因為他們想要相信事情就是這樣發展。反正他們不會知道妳父母和小凱去士文福的事。信中我也跟他們提議，一定要在馬約島待到這裡一切正常後再回來。之後我會把他們接到這裡來住，符里梅夫婦不會一直住在這裡。當然我也給他們匯錢過去了。事實是：目前待在馬約島對他們來說是最好的安排。」

揚娜貝塔察覺到自己已經激動到直冒汗。她必須回床上冷靜思考一下。

她看到奶奶在織毛線。如果不是為小凱做傳統樣式的毛線外套，就是在為梧利織可愛的頂上毛球毛帽。奶奶坐在一頂明亮的彩色遮陽傘下方，前方免不了要擺上一杯咖啡。同時，因為眼睛不好，還要讓爺爺唸書給她聽。奶奶雖然不會堅持要聽某些作家的作品，但對她來說，故事有個好結局是很重要的事。

「我們這年紀已經太老，聽不了悲劇了。」奶奶總是帶點辯解意味地這樣說，這時揚娜貝塔就會看到一旁的爺爺點頭表示贊同。揚娜貝塔常把爺爺想像成二次大戰中指揮大砲的軍官，有時候爺爺會說起以前的事：「當時是一九四一年夏天，在蘇聯境內的聶斯特河畔……」

阿慕特有次告訴揚娜貝塔，奶奶曾加入國家社會主義婦女聯盟。那是當時納粹為婦女設立的組織。奶奶不僅加入這個組織，還是裡面階級較高的。但是當揚娜貝塔拿這件事問奶奶時，奶奶不高興地說：「唉！別再說那個年代的事啦！都過那麼久了。好歹晚上我也為那些受傷的將士安排了精彩的活動，這應該不算什麼壞事吧？」

每次只要提到希特勒時代，奶奶說話總是語帶保留。相較之下，爺爺對這個話題就有很多話說，而梧利總是瞪大了眼，聚精會神地聽爺爺講那時候的事。

「漢斯葛奧格，你非得一遍遍舊事重提嗎？」奶奶不高興地說：「我不想再聽到關於那場戰爭和那些醜事了！拜託！你這輩子除了射過大砲外，還做過什麼稱得上有成就的事？」

奶奶和爺爺從很久以前就不再閱讀任何關於核災的報導了。因此很有可能他們之間也不會聊到這個話題。這時揚娜貝塔耳邊彷彿傳來奶奶的聲音說：「漢斯葛奧格啊！我不想再聽到那些可怕的事啦！」

然而在馬約島上，與其他退休度假的人聚會時聽到的各種消息，已經讓爺爺對這次核電廠事故的發生原因有了自己的一套理論：肯定是恐怖破壞行動，而且幕後操控者就是在東德的那些人。

揚娜貝塔打開窗戶，窗簾拂過她的臉龐，她的腦子裡突然冒出一個強烈的想法：想看看海，或至少也想看一大片寬闊的水域。於是，顧不得符里梅表舅媽在身後驚呼：「孩子，這麼急著到哪去？」她已經奪門而出。揚娜貝塔疾步穿過路人列隊式的各種同情或厭惡的目光，經過一面被人用斗大字母塗鴉的水泥基座，看到上面的字寫著：「**你們可要好好感謝那些政客！**」另一個書報亭也被塗鴉了幾行字：「**警報終於解除啦！**」「**核電機組不會再輻射外洩了！**」

揚娜貝塔停下腳步想了一下：黑兒嘉一定已經知道了。可是剛才午餐時她一個字也沒提。難道這些對她來說還不夠重要嗎？揚娜貝塔這才意識到，過去黑兒嘉從來不談政治性的新聞話題。

前往阿斯特河途中，揚娜貝塔經過就讀的學校，意外地遇到艾勒馬。艾勒馬靠在一堵深色的牆邊，顯得他的光頭特別突兀，艾勒馬放肆地對路過的人大喊大叫。此刻的揚娜貝塔就像泅泳海中看到救生圈一樣，向他跑去。

「你下午在這裡做什麼呢？」揚娜貝塔問。

「我呀，現在應該就是人家說的閒晃吧！」艾勒馬說：「至於晃到哪去？都隨便啦！」

揚娜貝塔問起他作業的事。

「我不做作業了。」艾勒馬說時聳了一下肩膀。

「如果你沒什麼想做的事，」揚娜貝塔說：「那和我一起去阿斯特河邊吧！」

「我確實沒什麼事……」艾勒馬的背離開水泥牆面，說：「除了期盼這段糟透的人生早日結束。」

兩人在十字路口遇到紅燈，不得不停下來，聽到有人在後面低語：「哎呀！這兩人都受到輻射傷害了呀！」可惜說得不夠小聲。

艾勒馬走過去，嚷道：「你們確定自己就不會遇上嗎？輻射也擴散到這裡來了啦！無處不在！你們確定沒這麼嚴重嗎？你們確定不會危害到生命嗎？誰跟你們說的！是內政部長嗎？還是那些政客？別指望了！什麼土壤、空氣、食物……所有的一切都被輻射汙染啦！就算你們現在看起來沒有被剝掉頭皮，你們的體內也被寫進致癌的基因程式啦！你們以為發生一次嚴重的核事故，四、五百公里的距離能有什麼意義？差別應該只是在你們體內醞釀的是哪種癌症而已吧！還有，你們的孫輩之中也會有不少是已經內建癌症好發體質的畸形兒。好好想想這些問題是怎麼發生的！」

沒有人回應艾勒馬。那些竊竊私語的人，這時都盯著另一個方向看。號誌轉綠時，原本等紅燈的人倉皇離去。只有艾勒馬忘記該邁步向前。

「輻射會殺了你們！」艾勒馬在離去的人群後方咆哮道。

揚娜貝塔站在艾勒馬身旁。她可以感覺到汗水從體內直冒出來。雙膝一軟，讓她不得不就近靠在號誌燈柱上。

「算了，」揚娜貝塔說：「我們掉頭回去吧！我現在沒興致了。」

「興致？」艾勒馬問道：「妳剛用的是**興致**兩個字嗎？」

揚娜貝塔回到家時，符里梅夫婦正坐在電視機前面。雖然從來不見表舅慢跑，但現在他身上穿了一套運動服。他把運動外套的拉鍊敞開，所以穿在裡面的內衣以及被褲頭鬆緊帶擠出的一顆圓肚，此時也一覽無遺。雖然黑兒嘉很不喜歡菸味，但是符里梅表舅正在吸菸。

「孩子，坐到我們身邊來吧！」表舅媽說：「電視上終於有些輕鬆有趣的節目了。」

表舅媽身上穿著南部的傳統服飾。她幾乎總是一身傳統裙裝打扮，因為她和表舅兩人在哈斯福經營一家傳統服飾店，賣女性的傳統裙裝、羊毛呢大衣或男性的傳統獵裝外套。

這時兩人在沙發上挪出一個位置，表舅媽指了指空位，示意揚娜貝塔坐到這裡來。

「以前你們是贊成還是反對核能？」揚娜貝塔沒有坐下，直接拋出這個問題。

「怎麼說呢……」表舅說：「我們對這些風險一無所知……對吧？芭蓓。」

只見表舅媽不情願地做出把手揮往一邊的動作。

「車諾比核災之後呢？還是不知道嗎？」

「車諾比啊……」表舅不置可否地聳聳肩說：「車諾比畢竟是蘇聯的核電廠。」

「稍停一下吧！」表舅媽大聲說：「你們倆就坐下來，別談這話題了吧！」

揚娜貝塔進到自己的房間，用力關上門。她一度覺得自己已經虛弱到可能走不到椅子旁，於是索性就不站起來，伸手想從衣櫃裡抽出一條手帕，拿到的是一條看起來很舊的純色麻料手帕。這是奶奶當年的嫁妝，上面還繡了兩個大寫字母ＢＬ。這兩個字母代表的是貝塔・洛特漢默，這是奶奶結婚前的全名縮寫。麻布料已經變得很薄，還有點磨損，不過觸感很清涼，所以揚娜貝塔用這條手帕蓋住自己的頭和臉，然後靠向椅背，安安靜靜地坐了好一會兒。她閉上眼睛，維持一動也不動的姿勢，直到似乎又聽到艾勒馬在紅綠燈前的咆哮，她才嚇得用雙手捧著臉。摸到麻布料的觸感，想起蓋在自己臉上的手帕，揚娜貝塔猛地把手帕從頭上掀起來。

晚上，黑兒嘉到她的房裡來。

「妳生日快到了，」黑兒嘉說：「我覺得雖然發生這麼多事，還是應該要慶祝一下。我們可以邀請那些住得比較近的親戚，如果他們……」

「如果他們還活著。」揚娜貝塔接下黑兒嘉未完成的句子。

黑兒嘉則表現得像是沒聽到後面的補充。

「妳弗瑞德堂叔和凱特堂嬸會帶瑪格麗特和米雅來。」黑兒嘉說：「他們已經說要來了。另外還有住在奧登堡的威爾納、馬克斯和提亞，施諾曼一家也會從畢勒費爾德來。」

「我不想見任何人。」揚娜貝塔說。

「他們來是要讓妳知道妳不是孤伶伶一個人。」黑兒嘉極力壓抑自己的情緒說：「我只要求妳做一件事：生日那天就好，妳好歹也戴上假髮。」

「妳真的認為，他們在過去幾個星期以來沒看過其他光頭的人？」揚娜貝塔問。

「當然一定見過了，」黑兒嘉回說：「可是那些人都沒有親戚關係。這是很大的差別。」

「妳的意思是說，因為不是親戚，所以別人的死活都沒關係嗎？」揚娜貝塔問道。

「妳今天情緒太激動了。」黑兒嘉說：「我們再找機會聊吧！」

說完，她就走出揚娜貝塔的房門。

那天夜裡，揚娜貝塔又夢到一大片綻放著黃花的油菜花田，油菜花田上方還有一大片雲。她看到艾勒馬，他渺小又失魂落魄地站在一大片黃花中央的身影，大聲咆哮著。

第十章

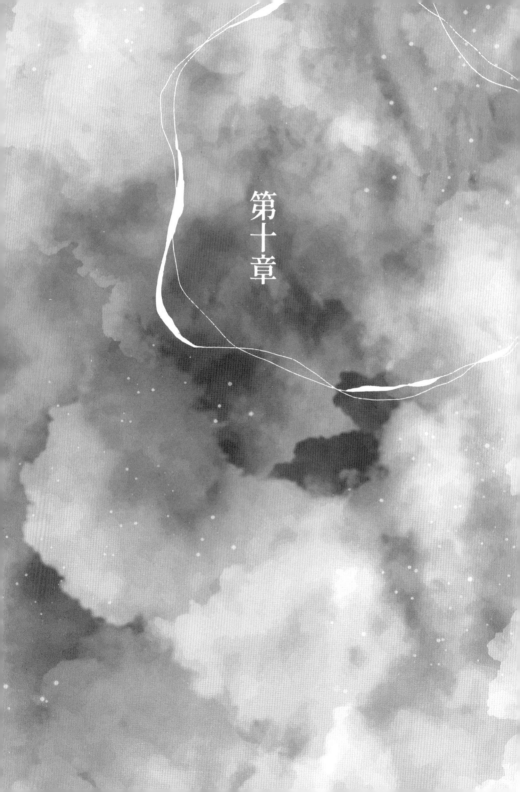

不久後，一個陰雨綿綿的星期六，阿慕特來到黑兒嘉的家門前。她看起來消瘦得不得了，眼睛四周還帶著黑眼圈。揚娜貝塔高興地撲上去擁抱她。

「妳怎麼沒早點打電話來？」揚娜貝塔哽咽地說。

「發生這麼多事情後，很多事沒法輕易用電話交代清楚。」阿慕特說：「至少我是做不到。在尋人檔案中看到妳的聯絡地址寫的是赫勒斯豪森的臨時醫院時，我去找過妳，可是妳已經離開了。我在那裡得知是黑兒嘉把妳接走的。」

阿慕特想跟黑兒嘉打招呼，不巧黑兒嘉不在家，而屋內的符里梅夫婦正坐在電視機前專心地看電視。揚娜貝塔幫阿慕特脫掉雨衣，然後領她到自己房內。

「我也在死亡名單上看到梧利的名字，」阿慕特說：「真的嗎？」

揚娜貝塔點頭默認。

「跟我說說他的事。」

揚娜貝塔僅斷斷續續地以三言兩語交代了事情的經過。

阿慕特只是靜靜地聽著。

「他還沒下葬。」揚娜貝塔說：「我常常想起這件事。就好像他夜裡在冰冷的房間裡沒蓋被子一樣。」

阿慕特坐到揚娜貝塔的床上，揚娜貝塔也在她身旁坐下，並用一隻手摟著她。

「妳的頭髮還在。」揚娜貝塔邊說，邊用手滑過阿慕特的黑色髮絲。

「唉！頭髮啊……」阿慕特只嘆了這麼一聲，兩人隨即陷入沉默。

過了一會兒，揚娜貝塔探問：「孩子……孩子怎麼了？」

阿慕特抽出被揚娜貝塔摟著的手，又隨意任手落下。

「妳該不會……」揚娜貝塔輕聲說道。

只見阿慕特點點頭，把揚娜貝塔往自己身邊拉，然後就哭了起來。「那也是我沒有早點來找妳的原因。」阿慕特說：「現在到哪裡的醫院，裡面都是可怕的人潮。任何診療都要提前幾個禮拜預約。真的很糟糕！」

「沒有其他辦法了嗎？」

「沒有。」阿慕特說：「醫生強烈建議我們這麼做。這些建議處置措施主要是針對所有住在士文福周邊，還在第一孕期的婦女。我們自己也考慮了好久。我在逃離後也要命地連日嘔吐和腹瀉，還出現嚴重的血便，賴哈德也是。我們太晚逃離了。那天我們還要忙著先把學生打點好。」

這時揚娜貝塔也哭了出來。

「最糟的是，到現在都沒有人能告訴我們，以後我們還能不能生孩子。我的意思是正常的孩子……」阿慕特苦笑了一下，繼續說：「而不是生出來一隻眼睛長在額頭上，或是有兩個頭。」

阿慕特側臥在床上，兩隻手摀著臉啜泣起來。揚娜貝塔輕輕撫著阿慕特的頭。阿慕特的頭髮摸起來是這麼柔美、滑順！

「別哭了！」阿慕特坐起身來，擤了鼻子後接著說：「對了！賴哈德讓我也問候妳。下個禮拜他又要開始上課了，學校地點在威斯巴登市弗勞恩斯坦區，他昨天才接到通知。他自己也沒想到可以那麼快又重回教職。至於我，可能就有得等了。」

阿慕特又提到，這次到漢堡是和一個認識的人一起來的，她幫忙分攤了汽油費用。她只能待到星期日早上，然後就要搭那位友人的便車回去。

「你們沒有車子了嗎？」揚娜貝塔問。

都沒了。他們在逃離途中，不得已的情況下捨棄自己的車子。有三個男人，他們自己開的車拋錨了。突然跑來打開我們的車門，把賴哈德拉出車外。當時的阿慕特除了跟著走出車外，還能有什麼辦法呢？那三個人把阿慕特家的車開走前，還把自己拋錨的車鑰匙拋出車外丟給賴哈德。

況。

「他們還笑著說：『搞不好到你們手上就可以發動了呢！加油啊！』最後那輛車當然還是發不動。我們兩人只好用走的，直到有人願意讓我們搭便車。」阿慕特講述當時的情況。

揚娜貝塔想了想後，問：「為什麼妳那時告訴梧利，我們應該躲到地下室去？」

「比起我們，你們住的地方離核電廠遠多了，」阿慕特說：「我沒想到，你們那裡後來也要撤離。但想到你們兩人要獨自走上那些被擠得水洩不通的街道……我認為太危險了。同時也希望，你們的父母能來得及逃出去。那樣的話，他們肯定會去接你們。如果我當時知道……」

阿慕特說到這裡停了下來。

「妳來過電話後不久，媽媽也打電話來了。」揚娜貝塔說：「她希望我們離開。或許當時如果我們真的躲到地下室去，梧利說不定現在還活著。」

「可能也不會。」阿慕特喃喃說道：「不過現在回想這些都沒有意義了。」

「媽媽當時說的最後一句話是『天啊』。」揚娜貝塔說。

接著揚娜貝塔就跑進廚房，為阿慕特煎了幾個荷包蛋，也煮了咖啡。由於太過心急，揚娜貝塔把爐台都弄髒了。回到房間後，揚娜貝塔把書桌上的課本挪開並布置好餐具。只見阿慕特開始狼吞虎嚥地吃起來，原來她從威斯巴登到漢堡這一路上，完全沒進食。揚娜貝塔抱著縮起的雙膝坐在床上陪她。

「如果妳奶奶看到妳現在這個樣子，」阿慕特滿嘴食物地說：「應該會馬上要幫妳織一頂毛線帽吧！原因之一，是不想別人看到妳這個樣子；其二，是希望妳頭上有個保暖的東西。」

「如果她看到我這個樣子，」揚娜貝塔說：「她看我的眼神，應該就像我沒穿衣服在她面前到處跑一樣吧！」

阿慕特忍不住笑了出來，揚娜貝塔也跟著笑了起來。

「不過妳這樣也是有好處，」阿慕特說：「人家從老遠就看得出來妳是核災受害者。像我這樣就總是要先跟人說明我的情況。」

但揚娜貝塔到現在都不這樣認為，只是她對阿慕特的到來，感到很開心。最近，揚娜貝塔說的話越來越少，她都快要變得比黑兒嘉還要沉默寡言了。因為阿慕特的出現讓她又開始說話了，現在她就像打開的話匣子一樣說個不停。揚娜貝塔鉅細靡遺地描述了逃出家門的細節，以及在巴特赫斯菲爾德火車站發生的事。她講了在赫勒斯豪森臨時醫院那段日子的事情，也提到後來和黑兒嘉還有艾勒馬重逢的事。阿慕特靜靜地聽著，不時點點頭。

兩人專心地彼此述說與傾聽對方這段期間發生的事，以至於全然忘了身處何處、忘了時間多晚了。

直到有人來敲房門。是黑兒嘉來了，她以一貫冷酷的態度和阿慕特打了招呼，接著問阿慕特，關於揚娜貝塔的雙親和小凱的死，她是否有更多資訊。但比對之後發現，阿慕特所知也沒比自己知道得多。

「妳可以在這裡留宿。」黑兒嘉離開揚娜貝塔的房間前，對阿慕特說。

晚餐時，符里梅表舅和阿慕特起了衝突。表舅提到擔心自己的財產，他說：「我每晚睡前只要一想到我們店裡可能早就被洗劫一空……」

「唉！保羅啊！」表舅媽輕輕拍了表舅的手，說：「我們又不是活在那種專制、腐敗的國家。」

「等我們可以返家時，」阿慕特說：「說不定屋外的常春藤都鑽進牆內了呢！我們已經把展開新生活要做的事一件件記錄下來。我們得慶幸可以活著的每一天。」

接著，阿慕特講述了萊茵美茵都會圈首次核災受害者的集結活動。

「集結活動？」表舅問：「妳說誰要聲援誰、一起抗議誰？」

「我們這些災區來的倖存者，」阿慕特說：「在這個社會中，遲早都會被歸類成一個獨立族群：又病又窮的族群。不僅對經濟沒有貢獻，還見不得人。而且，我們的存在還會讓人感到不自在：因為我們會讓人有罪惡感，我們的存在讓人無法忘記和忽視發生過的事情。」

「妳講得太誇張了。」黑兒嘉說。

「我講得太誇張了嗎？」阿慕特笑了笑，說：「那妳真該找本關於廣島原爆的書來讀讀。那裡的倖存者和我們……還有所有可能之後才要爆出來的受害者，我們都是二十世紀的瘋瘋病人。」

「別說這些嚇人的事了。」表舅媽舉起雙手，做出排斥的手勢說。

阿慕特不顧她的反對，繼續說：「或許我們還可以說自己很幸運。如果是遇上希特勒，就我們身上出問題的基因，他早就把我們送進毒氣室了吧！」

「哎呀！哎呀！」表舅往後靠向椅背，說：「現在越說越遠啦！這話題真的不適合在這裡出現。現在的問題只是，萬一哪天確定那些被輻射嚴重傷害的人——哎呀！抱歉了，阿慕特，我知道這樣說妳肯定不愛聽——萬一那些被輻射嚴重傷害的人以後生出來的孩子都不健康，那該怎麼辦？我的意思是……」

「你的意思是，所以應該讓我們不要生孩子。」阿慕特打斷他的話，說：「這種事在我們的歷史上不就發生過了嗎？」

「哎呀！阿慕特！」表舅媽連忙說：「他又沒那樣說。」

「只是沒說出口而已！」阿慕特回說。

這時黑兒嘉站起來，開始整理桌面。阿慕特跟在她後面走進廚房。阿慕特在廚房清潔爐台和刷洗煎蛋的平底鍋時，黑兒嘉拿出今天剛收到、奶奶寄來的信唸給大家聽。信上大致是說，他們兩人都很好，現在曬得很黑，而且很高興得知，核電廠的事故沒有真的造成任何家庭成員的悲劇。最後，他們希望自己的兒子、媳婦和兩個孫子早日康復。信中並提到，兩人會留在當地直到敘立茲重新開放為止。

「謝天謝地！」黑兒嘉說。

「什麼『沒有真的造成……悲劇』！」阿慕特說：「她甚至連『死』這個字都不敢寫出來。」

稍後她到揚娜貝塔的房裡，就著閃爍的燭光下，阿慕特說起她現在住在威斯巴登市東北角比爾施塔特區的生活。現在她和賴哈德，還有賴哈德的父親一起住在一個狹小的地下室，裡面有開放式廚房、臥室和洗手間。

想起賴哈德的父親，對揚娜貝塔而言是愉快的回憶：他在巴特基辛根經營一座規模不大的園藝苗圃。在揚娜貝塔的記憶中，賴哈德的父親那張和藹可親的臉總是在花叢間冒出來，雙手長滿繭，指甲也總是髒兮兮的。

阿慕特提到想和屋主和平共處所遇到的諸多難處。

「哪天我們能重新站起來，」阿慕特說：「我們一定要馬上搬出那座倉庫，住到真正的住房裡。明明除了我們住的地下室之外，整棟房子都是那位女士一個人使用，但她自始至終都反對讓我們入住。當然，就她的說法，是我們太吵、要求太多、差異太大。我甚至在某種程度上能稍微理解她的感受。或許是她年紀大了，無法那麼快接受，現在她不是唯一會在她的房子裡製造聲響，或說可以弄出聲響的人。」

揚娜貝塔點頭表示同意。

阿慕特接著提到，遭到疏散與自願撤離的人有上百萬人，這些人陸續被安置到德國各地。偶爾有人在過程中幾乎活不下去，幸好有些沒受到嚴重傷害的人願意盡一己之力幫助他人。阿慕特還提到，在威斯巴登有一位神職人員如何不辭辛勞地投入救助災民的工作。她也說到，美茵茲有一位女性社工人員召集了一群志工，合力照顧倖存者的事蹟。

「現在我們也開始要籌組政治動員，」阿慕特說：「許多非受災民眾也願意聲援我們。

我們的勢力逐漸擴大，唯有如此，我們才能有些影響力……」

「妳還記得車諾比核災後的幾場示威遊行活動嗎？」揚娜貝塔問：「當時爸、媽和妳，你們也是滿懷希望地展開行動。我感覺得到，雖然那時我還很小。但是後來還是被爺爺奶奶說中了：事情過後一陣子，所有的一切又陷入麻木狀態，就好像車諾比核災從來沒有發生過一樣。就算那些慢慢消逝的、數量眾多的烏克蘭人的性命就是例子，也無法帶來什麼改變。後來媽媽和爸爸也常提起這些事。」

「車諾比核災的教訓還太少。」阿慕特回說：「而且誰知道呢？說不定現在加上格拉芬萊茵費爾德核電廠的事故也還不夠。總是還有可能發生更嚴重的事故。」

「人們已經開始遺忘了，」揚娜貝塔說：「**就是因為這樣**，我才不戴假髮。」

阿慕特摸了摸揚娜貝塔的頭。

黑兒嘉想鋪客廳裡的沙發床給阿慕特過夜，但是阿慕特表明想和揚娜貝塔一起睡。於是，她們一起把床墊搬進去，鋪在揚娜貝塔房裡的地板上。揚娜貝塔希望讓阿慕特睡在床上。阿慕特推辭並謝過後，馬上就讓自己躺平在地板的床墊上。揚娜貝塔只好順她的意，吹熄蠟燭。

「妳睡著了嗎？」過不久，阿慕特問道。

「還沒。」

「有些事……我不確定，到底該不該跟妳說……」阿慕特說得吞吞吐吐。

「妳說吧！」揚娜貝塔說。

「但我說的過程中，如果妳覺得我不該繼續講下去，妳要隨時告訴我。」接著阿慕特進入正題，說：「第一天上午，也就是事故發生後一或兩個小時內，他們就在第一封鎖區拉起封鎖線。抵達現場的軍警人員全部穿上全套的防護裝備。他們要求所有人躲進地下室。然後……就是……只要有人想逃跑，他們就開槍，用機關槍。」

揚娜貝塔想起在臨時醫院時，艾絲跟她說過的事。

「妳認為，真的有發生那樣的事嗎？」揚娜貝塔問。

「嗯！是真的，」阿慕特回答，說：「那些人想要掩蓋發生過的事，但這種事怎麼掩蓋得住啊！」

「那為什麼……」

「據說，在第一封鎖區內的居民受到輻射嚴重汙染的程度已經足以危害其他人。並且有傳聞，反正他們是活不了了，以後他們只能緩慢地在各種折磨中死去。」

氣氛凝滯了好一會兒後，揚娜貝塔問：「但是警方和軍人……他們怎麼能……」

「必要的時候，人類什麼事都做得出來。」阿慕特回道。

接下來，兩人之間又沉默了一段時間。之後，揚娜貝塔問：「妳覺得，父親當時也在那些被封鎖出不來的人裡面嗎？」

「我不知道。」阿慕特回說。

揚娜貝塔哭了出來。

「我不想待在這裡，」揚娜貝塔說：「帶我一起到威斯巴登……求妳了！」

「我很想帶妳一起走，妳知道的。」阿慕特說：「可是我們現在住的地下室真的住不下了。妳先在這裡忍一忍，等我們找到新的住處再說。但是，聽好……如果妳真的受不了了，無論如何，還是可以來找我們。」

隔天早上，同行的友人開車來接阿慕特。阿慕特上車時，揚娜貝塔極力忍著不讓眼淚落下來，但最終還是眼前一片模糊。

「加油！照顧好自己！」車子彎進下一個街角時，揚娜貝塔聽到阿慕特這樣對她喊話。

車子開走後，揚娜貝塔還在門外站了一陣子。回到屋內時，黑兒嘉正在廚房切洋蔥。

聽到有人進門的聲音，黑兒嘉驚訝地抬起頭來。揚娜貝塔看到她淚濕的雙眼。

「我原本以為，」黑兒嘉說：「妳會和她一起離開。」

第十一章

現在揚娜貝塔幾乎每天和艾勒馬在一起。

其實，揚娜貝塔並沒有特別喜歡艾勒馬。以前在老家時，即使她覺得艾勒馬是個很厲害的人，也總是刻意避開艾勒馬。現在艾勒馬變得更難相處了，他不時滔滔不絕地長篇大論起來，而且任何事在他眼中看來都很負面。只要有人刺激到他，他都會衝動反擊。可是，如果揚娜貝塔不想跟黑兒嘉或是符里梅夫婦待在一起……除了艾勒馬，她還認識誰呢？

兩人大多在學校前面碰面，因為艾勒馬住的地方剛好和揚娜貝塔的住處反方向。幾乎每次在揚娜貝塔抵達時，艾勒馬早就等在那裡了。天氣好的時候，兩人會到附近的公園散步。依揚娜貝塔的說法，漢堡有綠意的地方看起來有點像故鄉敘立茲。

「綠意？」艾勒馬輕蔑地說：「這片水泥沙漠裡面哪來綠意啊！」

「我很好奇，你在家的時候可以和誰說話？」揚娜貝塔有次這麼問他。

「妳是說在我親戚家嗎？」艾勒馬反問道。

「沒人可以說話啊！我爸常獨自一人陷入沉思，而我那幾個親戚對什麼都沒興趣。至少我認為重要的事情，他們都沒興趣。」

揚娜貝塔點頭表示有在聽。

有次見面時，艾勒馬用一句吶喊作為開場：「揚娜貝塔，我們會變得很窮！」

「誰？」揚娜貝塔錯愕地問：「你和你父母嗎？」

「我說的是我們所有人，」艾勒馬語帶怒氣地說：「格拉芬萊茵費爾德把我們都變成窮人了！這兒有許多無家可歸的人、失業的人和生病的人！這些人都沒法帶來任何產值！只會消費。農業方面反正是都完蛋了；交通方面呈現半癱瘓狀態；工業發展遭到嚴重破壞……」

「你看到什麼貧困的景象了嗎？」揚娜貝塔吃驚地問他，說：「我可沒有。」

艾勒馬憤慨地盯著她，說：「如果妳願意睜開眼睛看，就會看到到處都是！那些『出售』或『大拍賣』！妳沒看到那麼多『待售』的標牌嗎？還有報紙上的許多啟事寫著：『因故轉讓』，妳沒看過嗎？難道妳是矇著眼走在這個城市裡嗎？還是妳都不看報紙？」

揚娜貝塔辯解說，漢堡這城市對她來說一切都很陌生。如果是在敘立茲，看到這些標牌她肯定會注意到。至於報紙的部分，揚娜貝塔坦承自己從沒讀過分類廣告版面。

「妳真該去翻翻看！」艾勒馬大聲說：「大家為掙一口飯登廣告，但東西還是賣不掉，無論是工廠還是皮草大衣。超市、商店、住宅，一切都可以低價買到。然後，被強制拍賣的物件一件接著一件。」

關於這一切，揚娜貝塔全都一無所知。對於揚娜貝塔連電視上的新聞節目也不看，艾勒馬更是氣憤難耐。揚娜貝塔嘆了一口氣，因為符里梅夫婦幾乎總是坐在電視機前面，揚娜貝塔對他們是能避開就盡量避開。

「不主動尋求資訊的人，是自外於群體的人。」艾勒馬說。

「難道我願意這樣閒晃嗎？」揚娜貝塔生氣地問。

有次艾勒馬提到他的親戚。

「變窮對他們來說還不是最慘的，」艾勒馬說：「雖然他們一路走來也不容易，然而現在卻突然從高處跌下來。更可怕的應該是他們現在感受到的焦慮：對於社會動盪的不安、對於破產的焦慮、對於長期後果的焦慮。賀蒂嬸嬸已經沒法安睡，庫特叔叔對所有人都不滿地大聲指責。我們德國人性格剛毅，在關鍵時刻我們總能帶來奇蹟，比如經濟奇蹟。但重點是，我們必須能夠看到一線生機才行。」

以前在富爾達上學時，只要艾勒馬出現，同學間就會互使眼色。而今艾勒馬說話的語氣又比之前更急促、更投入，揚娜貝塔不解地盯著他看。他的理智還在嗎？或許已經沒了。他過往的模範生光環雖然還依稀可見，他雖然還能像以前一樣，無視當前的處境，直接看到問題的所在，但以前他總有辦法找到解決問題的方法，正是這點讓揚娜貝塔覺得他很厲害，而今他卻做不到了。甚至，在揚娜貝塔看來，現在最讓艾勒馬感到痛苦的，似乎就是因為他找不到解決問題的方法。

「有解決問題的方法？」揚娜貝塔問到解方時，艾勒馬回答：「我看不出能有什麼解決方法。不只是對我自己的處境找不到解法，對任何人都一樣。」

艾勒馬維持站姿，一旁的揚娜貝塔注視著他。「我曾經的志向是當醫生。」

「我的夢想是有自己的孩子。」揚娜貝塔說。

近日艾勒馬長篇大論的熱情消退不少，越接近學期末，他的話就越少。這段期間以來，艾勒馬雖然持續和揚娜貝塔約出來見面，但通常也只是靜靜地待在她身邊。現在的揚娜貝塔反而想念他口若懸河的樣子。同時，揚娜貝塔也開始看新聞、讀報紙上的分類廣告。

還有八天就放暑假了，這時卻傳來巴特布呂克瑙女孩生病的消息。此後一整個禮拜，都不見巴特布呂克瑙女孩來學校上課。

「我去看過她了。」班貝格男孩說道：「她的情況很糟。」

班上有同學問到巴特布呂克瑙女孩生什麼病時，男孩總說是肺炎。有次揚娜貝塔在校園裡逮到機會，問班貝格男孩，說：「她真的是得了肺炎嗎？」

「當然不是，」班貝格男孩回說：「是白血病。其實她前陣子的情況一直都很糟，她只是不想承認。妳知道的……昨天他們果然把她送去專科醫院了。」

這天，揚娜貝塔放學回家是黑兒嘉幫她開門。

「這幾天我們非得去一趟髮型設計師那裡不可了，」黑兒嘉說：「假髮現在很缺貨，但妳的生日再過兩個星期就到了。」

「我不戴假髮！」揚娜貝塔大聲說道。

「妳冷靜點，」黑兒嘉說：「妳大可戴上再跟他們表明妳戴假髮。」

「那對他們有什麼好處呢？」揚娜貝塔問。

「孩子呀！妳怎麼還不明白呢！現在的氣氛就是……唉！我都不知道該怎麼說了……如果在場有個年輕人沒頭髮，就會讓氣氛顯得很沉重。算我拜託妳了，舉手之勞而已。妳只要戴到那天大家都離開為止。」

最終，揚娜貝塔妥協地同意跟黑兒嘉到髮型設計師那裡去。不過到了現場，揚娜貝塔拒絕自己挑假髮，她要黑兒嘉為她挑一頂。於是黑兒嘉挑了一頂中淺褐色的短捲髮。

「我以前的髮色比這個亮多了。」揚娜貝塔說道。

但是現場沒有顏色更淺的假髮適合揚娜貝塔，黑兒嘉只能讓人把那頂中淺褐色的假髮打包。

「妳一定會收到很多禮物的。」返家途中，黑兒嘉將裝有假髮的盒子夾在手臂下說。

揚娜貝塔聽了，只是聳聳肩。回到家後，她打開廚房的收音機聽搖滾樂，直到符里梅表舅不高興。

其實揚娜貝塔並沒有很期待學期最終日的到來，所以當最後一天到校日終於來到時，她也只能不知所措地想著暑假該怎麼辦。她在當日拿到的成績單也載明「暫定」允許升級。

「因為妳這整個學年很晚才到本校報到，」學校方面表示：「而且妳也沒有任何成績相關的證明文件，所以我們還無法確切掌握妳的學習成果。」

課間休息時，揚娜貝塔班上有個女孩到處發送生日派對的邀請函，但並沒有發給揚娜貝塔。

「別想了！」班貝格男孩突然站在她身旁說道：「人家沒邀請妳參加，我也是。不是她的問題……是她媽媽反對……。」

揚娜貝塔點點頭，反正如今的她出現在慶生會上，確實也不是什麼令人感到賞心悅目的事。

班導宣布放學時，其他人都急著離開，唯獨揚娜貝塔不急。她到艾勒馬的教室門口等他，但是等到教室的人都走光了，還是沒看到人。

「妳還不知道嗎？」有個艾勒馬班上的同學說：「他被留級了，所以今天就不用來學校了。」

「你說的是艾勒馬嗎？」揚娜貝塔不可置信地反問。

「他什麼都不做、什麼都不說，」那位同學回她，說：「一整個人意志消沉。」

揚娜貝塔幾乎快哭出來了。

「在我們家鄉，」揚娜貝塔說：「他是全班成績最好的。」

「好啦！你們每個人在家鄉都是最優秀的！」揚娜貝塔聽到有人這樣說。最後，她只好默默離開。

這天黑兒嘉比揚娜貝塔早回家。揚娜貝塔一言不發地將成績單放在黑兒嘉的書桌上。

「我打聽過妳的成績了，」黑兒嘉說：「暑假期間，妳要為學校功課做的事可多了。

沒關係，我來安排就好。」

「我想邀請朋友來我的生日會。」揚娜貝塔說。

她提出艾勒馬的名字，黑兒嘉出乎意外地竟然沒有表示反對。

「他也沒頭髮了。」揚娜貝塔又說。

這時黑兒嘉才用銳利的眼光看著她。

「我喜歡他！」揚娜貝塔大聲說了之後，便跑回自己的房間。

晚餐時的氣氛很安靜。揚娜貝塔覺得奇怪，因為表舅媽只吃了寥寥幾口。

「才掉幾根頭髮，妳沒必要自己嚇自己吧！」表舅拍拍她的手，低聲說。

「唉！你知道什麼啊！」表舅媽說著站起身來，其他人都還在用餐，她已經退回自己的房間。她從來沒這樣過。反倒是平時，揚娜貝塔的行為才讓她覺得沒有禮貌。符里梅表舅尷尬地輕咳幾聲，繼續坐在餐桌前。餐後，他打開電視。

「專家訪談，」表舅咆哮道：「每天都在專家訪談！」

接著表舅關掉電視，道過晚安後，也走回自己的房間。黑兒嘉把用過的餐具放進洗碗機後，就回到書房坐在書桌前工作。只有揚娜貝塔繼續留在客廳。

這樣的情況很是稀奇。房間裡傳來符里梅夫婦輕聲說話的聲音，聽起來彷彿隔得很遠，隨即又完全安靜下來。有幾隻蚊子繞著燈具，飛得嗡嗡作響。揚娜貝塔打開電視機，電視上還在播出專家訪談，談話內容當然是關於剛發生過的核災。此刻螢幕上說話的正好是新上任的內政部長。揚娜貝塔剛好聽到其中一句話的後半段。

「……您不能把全部責任都怪到**我們**頭上！」新內政部長對這一輪談話中另一位來賓這麼說道。這位揚娜貝塔並不認識的來賓反駁道：「我同意您的看法。在車諾比核災後，沒有停止所有核電廠的運轉，我們確實負有最終的責任。但是，拜託！當初是如何做出核電廠不停止運轉的決議？那可是在經過漫長、合乎民主程序的討論後才做出的決議。而且，當時包含學者、政治人物以及投票選出那些政治人物的社會大眾在內，**所有人**都參與了決策過程。有哪個政治人物沒有在核能議題上表達出自己的立場？喔！不！如果您認為，將罪責全部推給政治人物就可以，那您就把事情看得太簡單了！對於已經發生的事故，我們所有人都有責任。現在我們所有人都應該……」

這時揚娜貝塔想到那些擺在赫勒斯豪森臨時醫院病房牆面層架上的石頭人偶。那些人偶都很冰冷，而且很容易用手拿起來。

「但是我們已告知可能的風險，」電廠代表聲明：「這部分您應該無法反駁。」

說到底，每個人都一樣，沒有人想承擔責任。

揚娜貝塔最終關掉電視，上床睡覺。

夜裡她睡得並不好。暑假就這樣來了。過去在格拉芬萊茵費爾德核電廠發生事故之前，這幾個星期原本會是一年中最美好的時光，現在卻只是充滿孤獨、了無生趣和悲傷。即將到來的生日，估計就要在一連串慰問、沒有意義的禮物和一大堆偏見中度過。想到這裡就讓她感到害怕，彷彿看到自己全身穿著深色衣服，站在艾勒馬旁邊，然後覺察自己已經被他的絕望感染。

她看到成千上百個黑兒嘉和符里梅夫婦，一直延伸到地平線彼端。

隔天，揚娜貝塔回到空無一人的學校。空氣中瀰漫著一股悶著的外套或潮濕的黑板擦氣味。有清潔婦正在刷洗走廊。手提式收音機中流淌出來的音樂迴盪在整個樓梯間。教務處傳出打字機打字的聲音。揚娜貝塔打開教務處的門，向裡面嚇了一跳的女辦事員詢問艾勒馬的住處地址。女辦事員將地址寫在一張小紙條上遞給她。

「妳這個暑假也是有事要做的吧？」女辦事員打量揚娜貝塔的臉說：「妳要這個地址做什麼，很容易看得明白啊！」

地址在漢堡這座城市東北角的邦貝克區。揚娜貝塔決定步行過去，反正時間多的是。經過一座橋時，她在橋上逗留了一下子。她把手肘撐在欄杆上，然後用手撐著頭，就這樣望著流過橋下的河水。水面上浮著油，因此隱約可見閃爍其上的霓彩紋路。

艾勒馬住的地方是一棟好幾層樓的出租公寓。揚娜貝塔一踏進那棟公寓，正好看到一個婦人在收取信箱中的郵件。揚娜貝塔向她請教艾勒馬家的情況。

「他們不接受弔唁，」婦人說：「妳也不用試了。沒有人會應門的。」

「弔唁？」揚娜貝塔問：「是艾勒馬的母親過世嗎？」

「不是那家的母親，」婦人說：「是那家的兒子。咦？妳不知道嗎？」

「可是他前天還……」揚娜貝塔句子沒說完，嚥了一下口水。

「自己結束了生命，」婦人說：「事前也沒跟任何人提過。他父親昨天上午發現的。聽說是安詳地躺在床上，吃了安眠藥。誰知道他那些藥哪來的。即使他馬上就被送醫院，可是仍救不回來。刑警也來調查過了。其實根本不用來，那孩子是自己結束生命的，沒留下隻字片語。真是可憐的孩子！完全不想活下去了。大概是受不了……」

婦人瞥見揚娜貝塔的光頭就不再說下去。

「妳可以按鈴看看，」婦人最後說：「不過之前已經有幾個人來過，沒人進得去。」

揚娜貝塔謝過婦人，道過別就離開了。她回到橋上又站了許久，然後在河岸邊坐了幾個小時，直到天黑才回家——因為晚回家，就可以不用遇到其他人。不會遇到黑兒嘉，也不會和符里梅夫婦打照面。

夜裡，她暗自做了決定……

一早，揚娜貝塔把幾件換洗衣物、一雙備用鞋打包，然後把零用錢放進一個密封袋裝進錢包帶上。至於那個裝了假髮的盒子，和黑兒嘉上街買回來後，就一直被擱在單人沙發上，她碰都沒碰。接著她又從櫥櫃裡取出一包餅乾，躡手躡腳地走出公寓。

揚娜貝塔信步往南穿過這座城市：她在一間二手商店買了一件鮮紅色的T恤衫和一條白色褲子後，隨即換上新買的衣物。然後帶著剩下的七馬克五十芬尼迅速離開現場。

整個天氣清朗的夏日上午，揚娜貝塔都在趕著往城外的方向跑，直到她在一座加油站找到願意載她一段路的人。

最後，揚娜貝塔分五段搭車，才終於來到威斯巴登。途中除了一位老婦人外，其餘讓她搭便車的人都是核災受害者。

揚娜貝塔在天將暗下的黃昏時分抵達威斯巴登。這時她身上已經沒有半毛錢了，途中的飲食她也只買了一份薯條、一根博克火腿和一些飲料。她甚至想過，這時候大概只有可口可樂稱得上是「乾淨」的吧！總之，她現在身上一點錢也沒有了，而且飢餓萬分。她想著，自己反正是個已經受到輻射汙染而且迷失了自我的人。

此刻的揚娜貝塔非常疲憊，只能拖著緩慢的腳步爬上陡峭的比爾施塔特山，一路問人並往眺望塔樓的方向走去。由於昏暗的天色無法辨識家戶上的門牌號碼，她只好隨意按一個門鈴。

不久，果然聽到踉蹌接近的腳步聲。揚娜貝塔依稀記得自己也經歷過類似的場景。前來開門的是一個穿著家居長袍的老婦人。老婦人用懷疑的眼神盯著揚娜貝塔看，揚娜貝塔趕緊為這麼晚來叨擾道歉，然後問起這戶的門牌號碼。揚娜貝塔很快就確認這就是自己要找的地址，便向老婦人問起阿慕特和賴哈德・索莫費德的住處入口。老婦人帶著怒氣說道：「現在可是十點一刻，來找人是有點晚了。」

「我從漢堡來。」揚娜貝塔說。

「就這樣？沒帶行李？」老婦人問道：「就拎個塑膠袋？誰信妳說的話！」

「阿慕特・索莫費德是我阿姨，」揚娜貝塔說：「我和她約好了。」

「妳可別想住在這裡！」老婦人說：「那裡面住三個人已經夠小啦！不可能再讓人住

進去了。休想！」

老婦人說畢就把大門甩上。揚娜貝塔只得小心翼翼地走下階梯，繞著這棟房子走，這才看到地下室有扇半開的通風窗內閃爍著微微的燈光。揚娜貝塔彎下腰敲那扇窗子。竟看到賴哈德走近窗戶，傾聽外面的動靜。

「是我，揚娜貝塔。」揚娜貝塔悄聲說道。

「哎呀！孩子啊！」賴哈德回應，並開了窗戶：「快進到室內！」

揚娜貝塔覺得眼下沒有時間再找地下室的入口了。她索性就地坐在碎石地上，雙腳一伸跨上窗台。賴哈德順勢接住了她。

「歡迎妳來！揚娜貝塔。」賴哈德說。

第十二章

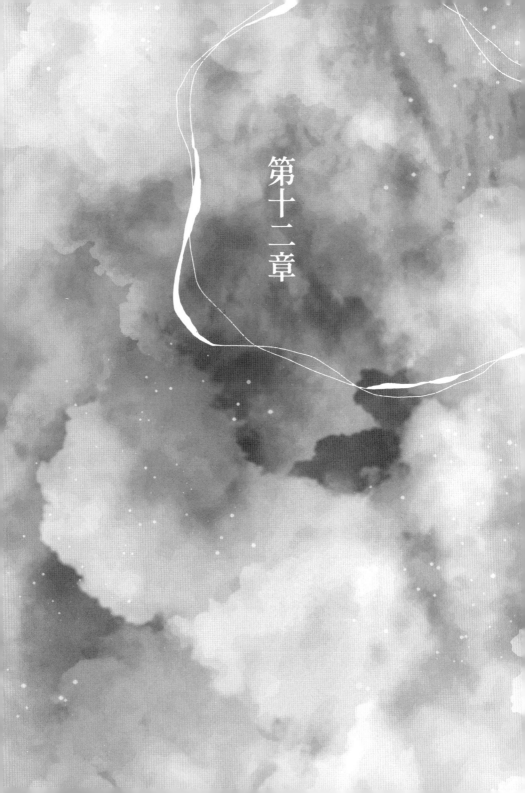

以前屋主用來當作客用套房的這間地下室，空間真的很侷促。阿慕特和賴哈德兩人睡在狹小的臥室裡，賴哈德的父親則以客廳的沙發為床。現在又加入揚娜貝塔，該讓她睡哪裡呢？

最後除了在過道上鋪床墊外，似乎沒有其他更好的解決方案了。但一時之間也沒有多餘的床墊可用。因此第一天晚上，賴哈德和自己的父親擠在客廳的沙發上，揚娜貝塔和阿慕特一起睡。這晚揚娜貝塔人雖然已經很累了，但兩人仍久久無法入眠。揚娜貝塔向阿慕特說起學校的事、講到姑姑黑兒嘉和假髮的事。幾經猶豫後，也提到艾勒馬的死。

「妳能來真是太好了。」阿慕特說：「之前我真該把妳一起帶過來。我們現在的生活條件雖然只是權宜之計，但或許正好是妳現在需要的。」

「我不需要事事齊備的生活。」揚娜貝塔低語說：「我一點也不需要像在漢堡那樣的生活。」

「那就先和我們一起住看看吧！」阿慕特說：「我們自己也要試著不互相干擾。我們能給妳的，或許只是一些薄弱的心靈慰藉。畢竟我們自己有時也會感到絕望，不知道該如何繼續走下去。還有……只要妳覺得有必要，在這裡妳隨時可以說出『狗屎！』這樣的話。」

揚娜貝塔最後在安全感中沉沉睡去，這晚她沒有作夢。甚至夜裡阿慕特做了恐怖的惡夢使勁地打了自己，又踢到揚娜貝塔的小腿骨，她也沒醒來過。

揚娜貝塔想要幫其他人做些事，但是不知道該如何主動問起，自己可以做些什麼。第二天早上，賴哈德的父親就帶她一起出門。「爸比」，所有人都這樣叫喚賴哈德的父親。平日賴哈德到學校上課，阿慕特外出為新成立的「核災受害者緊急救援協會」奔走時，就由爸比負責家裡的三餐和採買。爸比會告訴揚娜貝塔哪些食材用起來比較沒有疑慮、該注意哪些標章和印記，以及哪些是可信賴的商家。

「我們現在以食用米飯為主。」爸比說：「早、午、晚三餐基本上都是米飯，其他的食材都只是偶爾出現的配菜，只要習慣就好了。現在米雖然比之前貴上一倍，不過還在買得起的範圍內。另外，我們現在完全不吃肉了。實在太危險了。現在一直有人想要出清受到汙染的肉品，但如果要買阿根廷或巴西進口的肉類產品又太貴了。」

「為什麼還要在意這一大堆事情呢？」揚娜貝塔驚訝地問道：「反正我們所有人早就被汙染了呀！」

「這樣說是沒錯，」爸比說：「但我們每天精打細算地過日子，就連一顆還乾淨不受汙染的生菜沙拉都要討價還價。」

這些話在揚娜貝塔聽來非常有說服力，所以她努力記住爸比提到的那些規則，並記住他在哪些店家買過東西。「尤其是，」爸比還說：「別太相信那些政府機關的資訊。」

揚娜貝塔點點頭表示知道了。她喜歡爸比這個人。他的臉因為長年在戶外從事農活，曬得黝黑，一頭白髮又讓整張臉顯得更黑。至於爸比晚上睡覺時打呼很大聲，揚娜貝塔就決定原諒他了。

揚娜貝塔在郵局寄出一張明信片給黑兒嘉。這是阿慕特和賴哈德堅持要她做的事。接著，爸比又為她買了一張充氣床墊。

結束採買行程回家後，揚娜貝塔和爸比一起做了一道食譜書裡面應該不會有的料理：印度米配哥倫比亞產的豆子。雖然有幾顆豆子還很硬，幸好賴哈德和阿慕特都覺得口味尚可。爸比卻表示，那些還很硬的豆子搞不好不是豆子，而是子彈呢！揚娜貝塔只是訝異地看著眾人對此大笑。果然在這裡大家經常面露笑容，也很喜歡笑。不過要等幾天後，揚娜貝塔才有辦法跟著大家一起笑。

揚娜貝塔幫阿慕特為成堆的信封寫上地址、陪阿慕特處理各種行政程序、不熟練地用兩隻手指幫阿慕特打字、幫阿慕特到洗衣店拿回送洗的衣物，或有時也和阿慕特一起打掃住處。她也協助核災受害者服務中心的募款事務，而且募得的款項比阿慕特還多。

「因為你的光頭吧，」爸比說：「遇到妳的人，應該都很慶幸自己的情況比妳好。」

後來爸比終日被腹瀉折磨，在賴哈德學期結束前，就由揚娜貝塔接手廚房的烹飪工作。賴哈德不僅喜歡做菜，也做得一手好料理。但是在核災受害者服務中心的建置工作方面，阿慕特也需要他的協助。

「服務中心預計提供法律諮詢和醫療諮商方面的服務，並提供協助處理相關申請的文書工作。此外，我們還會協助解決住房方面的事情，並製作尋人檔案的副本。」阿慕特充滿熱情地說：「人們也可以單純只是進來看報紙，或和人碰面，甚至只是盡情發洩、大哭一場。」

阿慕特希望自己在回到教師的工作崗位前，能全心投入核災受害者服務中心的事務。這座服務中心開幕時，預計會是一場大型聚會，活動的對象是所有落腳在萊茵美茵都會圈的核災受害者。阿慕特腦海中對開幕當天的活動安排已經有許多想法。「來參加開幕活動的人，應該要帶著新希望回家。」她說：「最重要的是，不會再覺得自己是孤單一人。」

爸比常覺得，阿慕特對什麼人的看法都太樂觀了。但在揚娜貝塔眼中，阿慕特也有另外一面：對於那些凡事輕鬆以對的人，阿慕特反而常顯得性子急了點。

「你們這麼冷靜真是快讓我抓狂了！」阿慕特曾經向賴哈德和她父親抱怨：「我都不知道該從哪裡著手，結果在事情發展到讓你們不得不做出決定前，你們竟然還能悠哉地坐看事情變化！」

「我只是不想把發條上得太緊。」當時賴哈德這樣回她。

這樣的回應惹得阿慕特更生氣了。一氣之下，她就出門到服務中心去。沒想到，到了晚上，又看到兩人和睦地帶著好心情回家。

「都是這樣，吵吵就過去啦！」爸比說。

揚娜貝塔非常敬佩阿慕特的這項特質：即便她失去那麼多，還是有辦法笑著讓事情過去。看她馬不停蹄地為別人的事情到處奔走，和那些政府機關據理力爭，並為核災倖存者爭取權益。然後有時又會絕望地往沙發上一倒，呼喊著：「做這一切都沒用啊！我放棄了！」結果隔天又完全理所當然地繼續努力。

「妳不是說要拋下一切不管了？」第一次為阿慕特的反應感到驚訝時，揚娜貝塔如此問道。

「對啊！但我才不管昨天說了什麼蠢話！」阿慕特一臉雲淡風輕地說完，繼續跑去趕公車。

剛開始，女屋主對揚娜貝塔住進來發了幾次脾氣。她的罵聲迴盪在樓梯間。揚娜貝塔幾度想嗆回去，都被爸比勸住了。

「妳就為她採束花吧！」爸比說道：「想安撫她，最好這樣做。我們也必須試著理解她，畢竟對她來說，我們就等同於災難。」

在瞭望塔樓的栗樹林後方，揚娜貝塔採了一束爸比也覺得漂亮的野花送給女屋主。老太太開門一看是她，臉色馬上沉了下來，但還是伸手接過花束。她用懷疑的眼神看了看揚娜貝塔的頭，簡短道過謝後，很快就關上門。不過從此之後，她就不曾在樓梯間大罵出聲了。

幾天後的某天，阿慕特返家時顯得格外安靜。她去了法蘭克福的醫院，原本打算探望一位前同事，不過她去得太遲了。

「白血病，」阿慕特說：「太晚發現了。」

揚娜貝塔這才得知，那位女同事身後留下兩個稚齡女兒，分別是三歲和五歲。之前，她也和阿慕特一樣住在巴特基辛根，而且也同樣在哈默堡教書。那天核災警報響起後，她開車返回巴特基辛根想救兩個女兒。她把車停在封鎖線外，然後徒步穿過整個市區，不料竟是白忙一場：兩個孩子都已隨著幼稚園撤離了。結果時間耽擱太晚了，那位女同事成為最後一批離開巴特基辛根的人。

現在孩子的外婆暫時把兩個孩子接過去，但是她無法一直讓兩個孩子待在身邊，畢竟她已經年過七十，身體狀況也不好，加上兩個孩子還很活潑好動。

「孩子的父親呢？」揚娜貝塔問道。

原來那位女同事沒有結婚，一直都是獨力撫養兩個孩子。

「你記得那兩個孩子嗎？」阿慕特轉頭問賴哈德：「員工旅遊時，她曾帶兩個孩子同行。兩個可愛的小搗蛋鬼。」

賴哈德點點頭，說：「兩個孩子輪流大呼小叫，想不注意到她們都難。」

「是一位資深教師……」阿慕特難過地說道。

賴哈德抬起頭看著阿慕特，說：「我們換個說法，妳該不會是想把那兩個女孩……」

阿慕特點頭笑了出來。這時輪到賴哈德看向爸比，看到爸比也點著頭。

「那揚娜貝塔的意思呢？」賴哈德問。

「當然不反對！」揚娜貝塔大聲說道。

阿慕特和賴哈德馬上放下手邊的一切事情，走到屋外。揚娜貝塔看著兩人離開。阿慕特和賴哈德兩人在栗樹下繞圈走了很久，邊走邊談。賴哈德的手臂攀著阿慕特的肩膀，阿慕特的手則放在賴哈德的腰上。

「我們在這小地方的生活就要熱鬧起來了吧！」爸比說：「還會有更多事要做，不是嗎？」

揚娜貝塔點點頭。看到爸比微笑，她也回了個微笑。

「妳可能不知道，」爸比對揚娜貝塔解釋道：「孩子是很容易挑戰人的情緒的。」

「我媽總是說，我對孩子有一套。」揚娜貝塔說。

「既然這樣……」爸比開心地說：「我們現在只缺一個更大的住處囉！」

生日那天上午，揚娜貝塔獨自在家。有人敲地下室的門時，她正穿著阿慕特的圍裙煮米湯。來的人是黑兒嘉。只見黑兒嘉一身外出的裝扮，隨身還帶了件小行李。

「妳為什麼沒告訴我，妳要來阿慕特這裡？」黑兒嘉問話時，拘謹地坐在爸比的沙發上。

「我怕妳會勸我留下來。」揚娜貝塔回說：「妳總是能提出合理的說法。」

揚娜貝塔沖了咖啡，接著從小廚房端了滿滿一杯到茶几桌上，果然還是灑了出來。如果是黑兒嘉，已經灑出來的咖啡，她絕不會就這樣送到客人面前。即便知道她這樣的規矩，這次揚娜貝塔也沒折返小廚房重新準備一杯。

「為什麼妳連留個訊息讓我知道妳去哪裡，也做不到？」黑兒嘉問。

「我以為妳應該很清楚我會去哪裡。」揚娜貝塔回答。

黑兒嘉攪動杯子內的咖啡，隨即向後靠在沙發上。

「妳從威斯巴登寄出的明信片可沒透露很多消息啊！」黑兒嘉說：「或說根本什麼都沒提。現在只是證實了我猜妳會在這裡這件事。這期間，我有多擔心妳！」

「我離開，妳不感到慶幸嗎？」揚娜貝塔問。

「妳這說的什麼話！」黑兒嘉大聲說道：「如果是這樣，我幹嘛把妳接來同住？天知道！和妳同住相處對我來說也不容易！」

「我想要為自己的將來負責！」揚娜貝塔氣憤地說。

「就以妳這十五歲的年紀？」黑兒嘉語帶譏諷地說：「還有妳現在的狀況？」

「這裡不會有人問我幾歲，」揚娜貝塔說：「而且我和那些情況跟我一樣糟的人生活在一起。」

「我希望暑假後妳回漢堡來。」黑兒嘉說：「我在那裡為妳申請了撫恤金。而且妳也在漢堡做了戶籍登記。」

「我在這裡也辦好了。」揚娜貝塔說：「阿慕特已幫我辦理，我很快就會拿到戶籍登記證明了。」

黑兒嘉沉默了好一會兒，然後說：「所有妳上學要用的東西都在漢堡。還有妳缺的課要怎麼補上？」

「我不要回漢堡了，而且我也不去上學了。」揚娜貝塔激動地說。

黑兒嘉努力維持平靜，問道：「不上學？妳想過不受教育，未來會怎樣嗎？」

「未來？」揚娜貝塔陰鬱地說：「妳知道，我到底還有未來嗎？我自己都不知道了。但或許我還可以活一陣子，那麼我希望以**我想要的方式**活著。別說得好像我們沒什麼比上學校更重要的事一樣！」

「那妳說的，比學校更重要的事是什麼呢？」黑兒嘉問。

「就是我要在這裡**生活**。」揚娜貝塔說。看黑兒嘉沒能理解，她又補充道：「我在這裡**活著**。」

黑兒嘉顯然還是沒理解。

「好吧！」於是黑兒嘉說：「就算妳現在已經完成義務教育的部分。但妳知道，一旦妳真的決定不再繼續升學，以後肯定要承受一些後果。沒有高中文憑，未來是不會有什麼好發展的。」

揚娜貝塔不再回應，自顧自地洗碗去。

「妳這樣做真的很不好，」過一下子後，黑兒嘉說：「竟然在妳生日前的兩個禮拜拋下我離開。」

「很抱歉！」揚娜貝塔說著，轉過身來。「對不起。我確實是逃避了。」

「為此我還要寫信給所有已經寄發邀請函的人，通知慶生會取消的事。」黑兒嘉說：「我跟他們解釋，妳在經歷過這些事情後，暫時無法出席慶祝場合。」

黑兒嘉從包包裡拿出一疊信件。

「有幾個人已經回信，」黑兒嘉說：「表示能理解妳的做法。」

「這些是給我的信嗎？」揚娜貝塔問。

「對，」黑兒嘉說完，猶豫一下子後，又說：「沒錯，那些信我都讀過了，因為那些信終究是對**我所寄出的**信件的回覆。」

揚娜貝塔俯身刷洗一個鍋子。

「你們今天會慶生嗎?」黑兒嘉問。

揚娜貝塔轉過身來,正好對到黑兒嘉的目光。

「其他人都不知道今天是我的生日。」揚娜貝塔說:「如果不是妳提醒我,說不定我自己也會忘記。」

黑兒嘉搖了搖頭,接著打開小行李箱,從裡面取出一疊衣物。

「這是妳放在漢堡的。」黑兒嘉說:「還有妳的衣服。我看到妳現在又穿顏色很鮮豔的衣服了。假髮我也帶來了,或許哪天妳會用到。」

接著黑兒嘉隔著桌子,遞給揚娜貝塔一個用手工紙做成的信封袋,說:「給妳的生日禮物!用這些錢買點妳需要或想要的東西吧!」

揚娜貝塔道過謝,詢問黑兒嘉要不要在她的充氣床墊上過夜。黑兒嘉婉謝,表示自己已經在市區的飯店訂了房間。離去前,黑兒嘉還說:「我在信中先跟爺爺奶奶寫說,妳暑假會待在威斯巴登,住在阿慕特這裡。」

揚娜貝塔聳了聳肩作為回應。

「總之,祝妳生日快樂!」黑兒嘉已經站到門前時,說:「並且希望妳可以過上妳想要的生活。如果哪天妳想回來漢堡,儘管來就是了。我會等妳,而且我希望妳來。現在除了我的父母之外，妳就是在這世界上和我血緣最親的人了。妳知道，我說的是什麼意思嗎？我想把妳當自己的女兒看待。畢竟我們都有相同的姓氏。而且我深信，我應該能為妳開啟很多道門！」

黑兒嘉轉身離開。「代我向阿慕特和賴哈德問好！」走在栗樹大道的半途中，黑兒嘉又說：「告訴他們，我祝他們一切順利！」

揚娜貝塔回到屋內。她一面把衣服、內衣褲和假髮塞到架子上，一面從窗戶目送黑兒嘉離開。

黑兒嘉走到一棵大栗樹下停下腳步，擤了鼻涕。

晚上，阿慕特又在忙她的事：寫信、設計宣傳海報、繪製指示標牌。有兩男一女，總共有三個從美茵茲來的年輕人前來幫忙，他們都是核災受害者。三人圍坐在桌前忙碌，揚娜貝塔和阿慕特兩人伏在地上用筆刷畫著。揚娜貝塔不經意地提到黑兒嘉來過的事，然後，從褲子口袋中拿出已經弄皺的信封。打開信封，裡面有三張百元馬克的紙鈔，揚娜貝塔將這些錢塞進募金罐中。

「這是我的生日禮物。」揚娜貝塔說。

「妳生日？」其他人不無驚訝地問道。

眾人把信件、畫筆、顏料和宣傳海報整理到一旁，將揚娜貝塔抬起來歡呼。還站不太穩的爸比走到小廚房，用核災前收成的馬鈴薯做了一道沙拉。

「特別高級的享受啊，」爸比說：「價格和奇異果一樣貴，而且質優味美，現在已經買不到了。如果是在半年前，這些放太久的馬鈴薯早被丟啦！我之前特地準備為慶祝的場合買的，現在就是了。」

阿慕特從臥室衣櫃翻出一瓶葡萄酒。賴哈德從冰箱取出一罐百香果汁，並即興作了一首慶生詩：

今日以美酒和馬鈴薯沙拉，
為揚娜貝塔慶生。
她像美麗的櫻花——
天使都會護佑她！

揚娜貝塔笑著、笑著，眼淚就忍不住落了下來。

「妳可不許繼續想著以前怎樣，」阿慕特說：「最好還是想著擺在眼前的人生。」

「擺在眼前的人生？」揚娜貝塔哽咽道。

阿慕特摟著她，說：「生日快樂！」

不過阿慕特馬上鬆開手，愣愣地盯著揚娜貝塔的光頭看，然後用雙手抱著揚娜貝塔的頭，擁入懷中，輕撫著大喊：「孩子呀！妳頭髮要長出來啦！都長出細毛了！」

揚娜貝塔隨即跑到廁所那面小小的鏡子前。

「真的耶！」揚娜貝塔歡聲道：「頭髮要長出來了！我又要有頭髮了！」

揚娜貝塔興奮到忘我地繞著房間跳起舞來，就連美茵茲來的客人中一位光頭的年輕人，也跟著大家舞動起來。由於鬧出很大的聲響，吵得女屋主又從樓梯間往樓下咒罵了幾聲。

第十三章

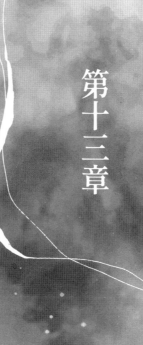

這個夏天過得很忙碌。賴哈德找到一個面積更大的住處，是一棟敗壞得頗嚴重的度假小屋，地點在威斯巴登最西邊弗勞恩斯坦區的葡萄園間。之前住在這裡的災民因為冬天即將到來，擔心到時住這裡會太冷，已經另覓其他住處去了。因為這棟房子既沒有暖爐也沒有暖氣設備，只有一座開放式的壁爐。

「到時就把所有房間的窗戶都打開。」賴哈德說這話時，爸比做了個懷疑的表情。

「看這世道的變化啊……」爸比說：「以前有關當局可不會、也從來不可能會允許有人長期住在這種建築裡。」

「哎呀！爸比！」阿慕特說道：「你說得對。到了一月，我們的鼻子上八成都要掛著冰柱呢！不過想想夏天吧！夏天住在這裡對孩子來說可是很棒的體驗呢！」

「到時候你們可別被嚇到啊！」爸比黯然說道。

他們倉促搬家，畢竟也沒有太多需要帶走的東西。大家都來幫忙，有從災區撤離的朋友，也有當地的朋友。眾人找到幾件床單、一些兒童衣物、兩張兒童床架、一張大床墊，同時也為住在閣樓的揚娜貝塔準備了一床羽絨被。她從屋頂的天窗倒出許多灰塵和老鼠糞便。這是許久之後，揚娜貝塔第一次又在嘴邊哼著曲調。

這房子裡有兩間臥室、一個起居室、一間廚房和一套衛浴。如果以核災前的標準來看，這樣的空間遠遠不夠六個人住。但是阿慕特就是有辦法排除這些負面的想法：時代已經改變了，所以人必須以現有的資源做最有效的運用。再說，至少眼下他們都很開心。他們已經等不及將兩個孩子接來同住，而且，那位暫時還需照顧這兩個孩子的外婆也催促著。「照顧孩子這件事讓她焦頭爛額。」接孩子過來前兩天，有次阿慕特訪視兩個孩子回來後述說了情況：「但就算這樣，我也有個不好的預感。我覺得那位外婆太依戀這兩個小女孩了，因為她只要看到我出現就淚流滿面。而我只要想到，後天她就要一個人孤單地坐在小房間裡的情形……」

「聽我說，」賴哈德說道：「我已經猜到妳想說什麼了。但妳想清楚，這樣做可能會讓我們又過回擠沙丁魚的生活，我們好不容易剛擺脫那樣的生活……」

「我也只是想想，」阿慕特嘆口氣說：「可是我只要一想到她的處境就能感同身受……」

「我們可以帶著孩子回去探望她。」賴哈德表示：「而且她也隨時可以來我們這裡看孩子。」

「她來時，可以和孩子同住兒童房。」揚娜貝塔說。

這下阿慕特和賴哈德兩人都沒有回答。直到兩天後去接孩子前，兩人都不再碰觸這個話題。爸比和揚娜貝塔在家等他們回來。期間，揚娜貝塔還很快地把兒童房裡的窗戶擦過一遍，爸比則煮了葡萄乾甜粥。過程中，爸比一度把奶粉撒出來，幸好還來得及在最後一刻打理乾淨。

「現在要領養孤兒多容易啊！」爸比搖頭說：「以前可是要到少年福利局登記，而且得等上幾年還不保證能順利通過審核，證明你有能力能把孩子養大的資格。」

不過，揚娜貝塔正想到兩個孩子的外婆的事，沒仔細聽爸比說話。

不久，聽到屋外有動靜。她們來了！揚娜貝塔衝了出去，看到回來的是五個人。

「歡迎、歡迎！」爸比大聲說道。

「我只有前面幾天住下，」老太太尷尬地說：「讓孩子能更快適應這裡的環境。」

「再看看吧！」賴哈德接話說：「說不定您也覺得和我們住在一起不錯。」

揚娜貝塔原以為孩子外婆的個子更小、身形更纖瘦，沒想到眼前的人幾乎和爸比一樣高，身材還有點圓潤。老太太的頭髮幾乎全白了，戴著厚厚的近視眼鏡，臉色看起來既蒼老又疲憊，走路時身體前傾。看到這副景象，任誰都會馬上相信，她確實無力照顧兩個孩子。進屋後她就和孩子一起進到兒童房。一開始，揚娜貝塔想把自己的床墊借給她睡，還好後來阿慕特找到另一張床墊。

「她美麗的棕色眼眸簡直和她女兒一模一樣。」阿慕特和揚娜貝塔獨處時這樣告訴她。

接下來幾天，老太太究竟是暫時留下來，或是就此和他們住在一起，這個問題一直懸而未決，沒有人提到這個話題，而她自己也沒提出來。可是這一家子的人都順著孩子對她的稱呼，一起喚她「奶奶」。

「我女兒不想孩子叫我那個和『老』同音的『姥姥』。」老太太對此做了說明。

阿慕特暫時留在家裡照顧孩子。只是，這兩個孩子照料起來並不容易。年紀較長的伊爾美拉很愛哭，整天黏著奶奶不放，這孩子對很多東西都過敏，因此需要隨時注意飲食情況。她晚上焦躁不安時，如果阿慕特靠近她，她就哭鬧得更厲害。相反地，年紀較小的女孩是個胖呼呼、活力滿滿的小傢伙，隨時要人盯著，因為她可以把架子上她搆得到的東西全部翻下來。而且只要一不如她的意，她就厲聲尖叫。

孩子住進來幾天後的某天，賴哈德和揚娜貝塔從市區返家時，看到阿慕特趴在沙發上哭。爸比正想辦法制住年紀較小的那一個，伊爾美拉則被奶奶抱在膝上安撫著。

「我辦不到，」阿慕特哽咽地說：「完全沒辦法。」

這時奶奶的眼淚也從臉頰上滾落。

「什麼辦不到？」賴哈德伸出手臂摟住她，問道。「那兩個孩子！」阿慕特大聲說：「我這輩子沒見過這麼不受教的孩子。我沒法帶她們。你理解嗎？我管不住她們！她們不願意吃東西、不願意睡覺，甚至也不好好玩。」

「如果我們的孩子遺傳到妳的脾性，」賴哈德打斷她的話，說道：「可能也會這麼難纏。」

「可是那……」

「那什麼？」

「沒事。你說得對。」

阿慕特從沙發上坐起來找面紙。賴哈德把自己隨身攜帶的面紙遞給她。阿慕特擤了鼻涕後說：「晚餐你幫她們準備，好嗎？」

孩子睡著後，阿慕特、賴哈德和揚娜貝塔三人坐到屋前的台階上，眺望山下弗勞恩斯坦的房舍屋頂。空氣中瀰漫著乾草堆和草本植物的氣味，還有從一旁的花壇襲來的陣陣玫瑰花香。阿慕特出神地靠著賴哈德。相較於賴哈德，阿慕特顯得特別瘦小可人。賴哈德就像一顆冰河帶出來的漂礫、像一顆巨岩。揚娜貝塔還訝異地發現，阿慕特的影子幾乎被賴哈德的影子完全遮蓋過去了。夕陽下，只看到賴哈德的八字鬍和濃密的眉毛被落日餘暉映出紅光。

「剛才我很抱歉。」阿慕特說：「我情緒失控了。」

「你們會把孩子送回去嗎？」揚娜貝塔問道。

阿慕特坐正，頭往後仰。

「噢！不，」阿慕特說：「忘了我剛才胡說的話吧！我只是必須徹底拋下一些不切實際的幻想。」

「妳確定，妳已經徹底拋下了？」賴哈德問。

阿慕特堅定地看著他，挺了挺肩膀。接著，突然跑進屋裡去。

「加入我們吧！」揚娜貝塔聽到阿慕特招呼。

爸比走出來，坐到揚娜貝塔旁邊。過了一會兒，阿慕特和奶奶也一起出現。阿慕特為奶奶準備了一張椅子，並扶著她坐下。

「有件事我們還得做出決定，」阿慕特說：「我們決定，就讓奶奶住下來吧！」

「如果沒有人反對的話……」奶奶說。

「沒人反對！」揚娜貝塔大聲說。

核災受害者服務中心開幕典禮的日子就快到了。各種期限都迫在眉睫，示威遊行活動也蓄勢待發。為了加入法國民眾反對核電廠的抗議活動，德國示威者成群結隊跨過法國邊境。把孩子交給爸比和奶奶照看後，賴哈德、阿慕特和揚娜貝塔跟一群朋友驅車前往核電廠所在的卡特農。由於法國方面關閉了邊境管制站點，有段路他們必須步行走產業道路。一路上在田野間不斷遇上其他團體加入他們。在這些人裡面，揚娜貝塔意外發現以前敘立茲的鄰居，霍夫曼和尤丹兩家人。尤丹先生變瘦了，而尤丹夫人穿著褲裝又罩了一件防風大外套。揚娜貝塔覺得，這身裝束讓尤丹夫人看起來頗有喜感。

「揚娜貝塔！」叫喚的人是霍夫曼家的女兒緹娜。緹娜很快跑過來抱住揚娜貝塔。揚娜貝塔看到，雖然霍夫曼家應該比她晚幾個小時離開，可是眼前的緹娜，她頭上的捲髮還在，她們應該沒有淋到那場暴雨吧！

「妳這可憐的孩子！」緹娜說。

揚娜貝塔忍著不發作。

「頭髮會再長出來的！」揚娜貝塔帶有敵意地說：「妳看到那些細毛了嗎？」

「緹娜是說妳父母和小弟過世的事。」霍夫曼太太說。

接著，揚娜貝塔不得不說起自己現在住哪裡、過得怎樣這些事。

「妳變化不少，」尤丹太太說：「我們上次見面時，妳還是個孩子。」
「我們大家也都有變化吧！」尤丹先生說。
「妳爺爺奶奶情況怎樣？」霍夫曼太太問道。
揚娜貝塔回說，他們還在馬約島。而且，他們應該暫時還不知道爸爸、媽媽和兩個弟弟的死訊。
「唉！老天！」尤丹太太說：「這要他們之後怎麼面對啊！第三封鎖區很快就要重新開放，到時他們應該馬上就會回家吧！」
霍夫曼先生催促眾人走快一點，不然一群人前後距離會拉得太遠。緹娜繼續走在揚娜貝塔身邊。一行人乘霧而行，不久，又開始下起毛毛雨。揚娜貝塔這才聽說，目前預定在十月一日重啟第三封鎖區。
「尤丹家想盡快回去。」緹娜說：「最好第一天就回去，他們說是因為掛念他家的院子。其實尤丹太太希望過一陣子再看情況，可是說不動尤丹先生。另外還有敘立茲周邊村子的農夫，他們也希望馬上回去，說是想在冬天來臨前把原先種的農作物都犁進土裡。」
關於其他鄰居，揚娜貝塔得知的是，其他人都不想返回敘立茲了，比如艾格林夫婦怕回去對身體健康會造成太大的傷害。誰知道那些有害物質會殘留在土壤中多久？然後所有吃進肚裡，甚至只是接觸到的一切應該都已經被汙染了。艾格林夫婦現在住在靠近荷蘭邊境的親戚那裡，他們打算就此住下。反正他們都已經退休了，所以在哪裡生活都沒關係。

「那你們家呢？」揚娜貝塔問。

「我們要移民，」緹娜說：「到哥倫比亞。我們還在等湊齊了足夠的錢才能行動。最近如果歐洲人要在那裡永久居留，必須交付一筆費用作為保證金。過去那裡的交通費也是一大筆錢。不過，他們願意接納已經受到輻射傷害的人。」

哥倫比亞？以前揚娜貝塔曾經渴望有一天能周遊南美各國，如今的她卻只想著山坡上的家。她幾乎可以想見那棟房子在陽光底下閃閃發亮，在那裡的視野可以將山下的整座小鎮盡收眼底，還有兩座碉堡和厚實的城後崗哨塔，在天空映照下格外醒目，期間還可看到福音教會細長的塔樓……敘立茲真是世界上最美的地方了！

當他們和其他團體會合時，抗議活動已經如火如荼地展開了。法國警方等在進入卡特農的道路上，正在驅退前來抗議的民眾。為了找到阿慕特和賴哈德，揚娜貝塔向緹娜道別。

「如果妳要到哥倫比亞來，」緹娜說：「記得寫信通知我們。」

「我要回敘立茲！」揚娜貝塔回說。

「以後順便去看看我們的房子！」尤丹太太對她招手喊道。

揚娜貝塔硬擠過人群，來到阿慕特面前。這時她才知道賴哈德被捕的事情。賴哈德後來在傍晚才獲釋，他的額頭上有道撕裂傷，勉強用創傷膠帶貼了起來，眉間和八字鬍上都還黏著血漬。襯衫左手的袖子幾乎被扯斷，只剩掛在肩上的一小段。阿慕特衝過去抱住賴哈德，回家途中，才聽賴哈德說：「我這已經是不幸中的大幸了。」

總共有四名抗議人士在活動中喪命，三名法國人和一名德國人。受到重傷的人，包含幾名員警在內，超過三十人。據說，警方內部也有激烈衝突：許多員警拒絕反制抗議者，也有一些人根本和抗議者站在同一陣線上。

回程時，巴士在途中發生故障，所以他們到半夜才帶著飢腸轆轆又疲累不堪的身體返家。到家後趁奶奶在講孩子的事時，賴哈德趕緊溜進浴室，這麼做是為了不嚇到她。

三天後，正式公布第三封鎖區解除封鎖的日期：訂在十月一日。聯邦議會以微小差距通過這項決議案。新任環境部長宣布該區域的輻射汙染已經消退，可以安心進入該區。只不過同時也強調，返鄉後果自負。

揚娜貝塔坐在電視機前觀看這條新聞的播報。一大家子的人，連同孩子，全聚到電視前面了。這台笨重的老舊電視機是弗勞恩斯坦的一戶人家搬上來，要捐給核災受害者服務中心的，阿慕特打算在開幕典禮前一天才把電視搬過去。

「不然粉刷和牆面裝飾的工作就會停擺，」阿慕特說：「我了解有這樣的人，像我自己就是。」

在格拉芬萊茵費爾德核電廠發生事故前，這樣的老舊電視機是沒人要的。螢幕畫面根本已經完全扭曲，尤其是畫面的上半部全部扭曲成圓弧形，導致電視上出現的政治人物，頭部嚴重變形，引來眾人的笑聲。

「最好這些人現實中的額頭也這麼高！」爸比大聲說道：「這樣他們的腦容量應該比現在大多了吧！」

「果真如此，他們就不會解除對封鎖區的禁令了。」阿慕特氣憤地說：「明明一切都還有輻射汙染，就這樣把人送進去，真是瘋了！而且，讓別人自行承擔風險，還有……萬一發生問題的罪責，他們可一點也不會感到良心不安啊！」

「肯定是什麼有力人士去進行遊說了。」賴哈德說。

「都是商業利益啊！」後方傳來爸比的聲音如此說道：「還有害怕財產的損失。」

「還有對家鄉的思念。」奶奶說。

揚娜貝塔訝異地看著她。

「哎呀！我出身東普魯士，」只見奶奶繼續說道：「我很清楚自己在說什麼。」

九月，有接連幾天風光明媚的好日子。賴哈德帶回用幾卷蕁麻繩綁的東西，在院子把它們攤開。即將到來的開幕典禮的集會，還需要製作標語布條，幸好前來幫忙的人陸續出現，連續幾天一起繪製標語布條，自然成為好朋友。有些人甚至留下來過夜。預計掛在講台上方的布條慢慢製作完成。上面寫著：

「**活著的是人命！**」這幾個大字。

一旁的草地上還有其他標語布條，弗勞恩斯坦當地的孩子紛紛站在柵欄旁圍觀，發現布條上大多是他們無法理解意思的句子，比如：

「**欺騙死神！**」或

「**別被蒙蔽了！**」

圍觀的孩子討論布條上寫的問題是什麼意思，如：

「**你們還要再說，**

自己一無所知嗎？」或是

「各國的核災受害者，

團結起來吧！」

唯獨有一幅標語淺顯得令他們笑著點頭稱是：

「見鬼吧！政客！」

大概是因為在家裡也聽過類似的話吧！

露特和伊爾美拉在繪製標語布條的人之間跑跑跳跳、在草地上翻滾，或是爬進陽光下積滿水的水坑裡。揚娜貝塔一出現，孩子就跑向她，要她安撫或向她討抱。賴哈德為兩個孩子做了一座鞦韆。在鞦韆上，她們可是盪再多也不夠，以至於奶奶往往要在旁邊連續幾個小時推著鞦韆，直到孩子玩夠，在鞦韆上開始點頭打起瞌睡為止。所以奶奶常常一邊陪玩，一邊打她的毛線。

「如果看到這景象，」賴哈德說：「可能要覺得世界又重現光明了。」

「本來應該還要有第三個孩子在這裡一起玩的……」阿慕特悲傷地說。

「還要第四個、第五個！」揚娜貝塔說。

「要滿山滿谷的小孩子，」爸比說：「還有直到地平線，一路站得滿滿的大人！」

「別忘了未來，」奶奶扶正眼鏡，說道：「未來應該在深藍色而且無邊無際的天空上開展起來，而且還要帶上幾朵輕盈的白雲。」

接著，奶奶繼續低頭織她的毛線。

「妳在織什麼呢？」揚娜貝塔輕撫著柔軟的白色毛線紋路，問道。

「就當是個驚喜吧！」奶奶回答時，對揚娜貝塔眨了眨眼說：「給妳的驚喜。」

那天夜裡，揚娜貝塔夢到父母。在夢裡，她看到父母在闊別多時後，和她一起坐在這棟度假小屋前面的台階上欣賞落日時分的天空。一旁的揚娜貝塔試圖想起這麼長一段時間爸媽都到哪兒去了，卻怎麼也想不起來。

第十四章

十月的第一天是個星期四。為了即將到來的核災受害者服務中心的開幕典禮，許多人前來協助最後的準備工作。現在，這些前來協助的人都擠到擺在入口大廳的電視機前面。正在播放的節目是關於返鄉人潮的報導。螢幕上可以看到來自富爾達、敘律希騰、隆恩山區幾個小村子，還有科堡和班貝格的感人畫面。有屋主開起房子的大門、婦人檢視自己廚房的情況、小女孩興奮地尖叫著奔向屋裡自己放娃娃的地方。畫面偶爾也會帶到荒蕪的花園，甚至拍到有死亡動物屍體的兔籠。不過畫面馬上切換到美茵河畔一個村莊完好無損的平和影像。

揚娜貝塔踮起腳尖，偶爾瞥一眼畫面。心裡想著，不知道會不會有關於敘立茲的報導？這時畫面中出現一位住在辛塔的老婦人，她跑向自家桁架建築的樣子被拍攝下來。她用顫抖的雙手推開自家院子的門。特寫鏡頭停在她的臉上，觀眾可以看到淚珠從她的臉頰上滑下。一名記者問她，現在心情如何。老婦人哽咽地說：「一切都會好起來的。」聽到這裡，揚娜貝塔大聲笑出來。由於突然冒出的笑聲太大，引得眾人嚇了一跳，紛紛轉過頭來看她。

搭公車返家途中，揚娜貝塔仍然一直想著敘立茲。坐在她前面座位的是兩位男士，兩人正聊起自己的孩子。兩人似乎是工作上的同事，分別聊到其中一人女兒的堅信禮和另一人兒子的高中畢業考。揚娜貝塔對他們聊天的內容不感興趣。只是因為交談的聲音太大，距離又太近，揚娜貝塔才被迫剛好聽到而已。這時前面兩位男士又聊到另一個就讀大學日耳曼文學系的兒子。這個兒子顯然讓自己的父母為他操心了。「他和一個富爾達來的女孩交往。」其中一位男士說：「就是那麼剛好。那個女孩子肯定也被波及了。」

「她的外表看得出來有異樣嗎？」另一位男士問。

「倒是沒有。」揚娜貝塔聽到另一人回答：「她也沒發病。不過沒人知道，到底會不會留下什麼基因損傷的後遺症。這種事情通常到發現的時候都已經太晚了。我試著讓兒子明白事情的嚴重性。但是這孩子太固執了，你無法想像的那種固執。」

「愛上了，任誰也沒辦法……」另一人說：「不過你說得對。幸好我兒子到現在還對女孩子沒興趣。」

揚娜貝塔回到家時，露特馬上跑過來抱住她。「放開我！」揚娜貝塔說著，把露特抱住她腿的雙手撇開。露特以為是跟她玩，嘻笑地換抱揚娜貝塔的另一腿。結果揚娜貝塔推得太大力，孩子因此摔下，嚇得大哭起來。

「怎麼回事？」爸比吃驚地看著揚娜貝塔問道。

揚娜貝塔卻逕自爬上通往閣樓的階梯，然後把自己拋到床墊上。

隔天，也就是開幕典禮的前一天，連同兩個孩子和奶奶在內的所有人全都到服務中心來了。

還有很多事要做！揚娜貝塔幫忙搬椅子。聽眾席要為病患和陪同他們的人排很多排椅子，其後則是為個別地方的居民或團體規劃，讓他們可以坐在一起的長桌和長椅。由於報紙上的號召來了許多幫忙的人，幾乎造成人滿為患的情形。

在富爾達學校的朋友麥珂突然站在揚娜貝塔面前。麥珂熱情地抱住揚娜貝塔，而她父親則是遠遠地站在停車場招手。

「我得走了，」麥珂這話說得匆忙：「現在只要有什麼事不順他的意，他就會顯得很不耐煩。」

「艾勒馬死了。」揚娜貝塔說。

「艾勒馬？」麥珂訝異地問道，接著又說：「你知道英格麗也……？不會吧？明天我會再來這裡，到時候再全部講給妳聽！」

揚娜貝塔放下手上原本要搬到聽眾席擺放的椅子，逕自走向預計作為核災受害者服務中心的建築。她現在需要一個空房間，好讓她冷靜思考。

「揚娜貝塔！揚娜貝塔！」她聽到伊爾美拉遠遠地叫喚著自己的名字，但她沒有轉頭回應。

「明天市長將以活動贊助人的名義致詞。」從一扇敞開的窗戶外面傳來阿慕特說話的聲音。

有人正在為服務中心的大門進行彩帶裝飾。揚娜貝塔走進大門時，聽到阿慕特叫她的名字。揚娜貝塔裝作沒聽到，她現在只想一個人靜靜待著。英格麗死了！揚娜貝塔彷彿看到英格麗的臉龐出現在她面前，然後想到她們兩人幾乎都會在課間休息時交換彼此的麵包點心。英格麗的麵包裡面總是夾了厚厚一大片煙燻肉或火腿肉排。揚娜貝塔家準備的點心從來不會這樣做。英格麗也常請吃起司，而且還是高級的起司種類！揚娜貝塔曾經跟著英格麗到她家在隆恩山區的小農莊。

「揚娜貝塔！」這次又聽到有人叫她，是個男性的聲音。

這樣下去不是辦法，她無奈地轉身。前來的是勞斯，核災爆發那天，讓她搭他的便車回家的，就是這位住在敘立茲的勞斯。

勞斯無視揚娜貝塔的光頭，握著她的手許久。

「來！」勞斯說：「我父母坐在那一桌。米特納家的人也在那裡。就妳認識的啊！那位乒乓球教練。」

「我沒時間，」揚娜貝塔說得猶豫：「我是來幫忙我阿姨的。」

「難道妳不想聽我等下要說的敘立茲現況嗎？」勞斯問：「我昨天去過敘立茲了。」

揚娜貝塔瞪大眼睛看著他，接著就跟著他走了。勞斯的母親看到揚娜貝塔的光頭，尷尬地笑了笑，但是視線卻沒有移開。

「我是有一頂假髮，」揚娜貝塔說：「但我不會戴上。」

勞斯的母親不解地看著她搖搖頭後，對米特納太太說：「要是我，可不敢就這樣到處跑。」米特納太太正牽起揚娜貝塔的手，嘴裡低語：「節哀順變！」

「媽！」勞斯喊了一聲。

勞斯把揚娜貝塔推坐在長椅上，急切地說起近況。他提到，他們一家現在住在美茵茲。又說，鎮上的牙醫全家移民到委內瑞拉、索爾陶一家已經搬到他們在西班牙馬貝拉的度假公寓，還有特雷太納家也到加拿大去了。

「特雷太納家運氣最好了。」勞斯的母親語帶抱怨地說：「天知道他們到底用了什麼關係！像我們家，前後都到過三次加拿大使館，填一堆表格。結果呢？白忙一場！這國家就是不讓受過輻射傷害的人入境。雖然我們根本沒被輻射汙染啦！但是該怎麼證明呢？」

「現在敘立茲情況怎樣？」揚娜貝塔問。

「現在我們決定去南非了，」勞斯的母親說：「這國家還比較講人道。不管是不是受到輻射傷害，反正只要是德國人都能入境。我們三個星期後出發。」

「現在敘立茲情況怎樣？」揚娜貝塔又問了一次。

「尤丹家前天已經出發了，」勞斯的母親繼續說道：「海巴赫家是今天早上啟程的。有些人想要在離開前，等這裡舉行開幕典禮時最後再聚一聚。但是無論如何，都無法回到像過去那樣了。許多人已經不想再回去住了。」

勞斯的母親不斷說著，完全不讓人打斷：現在全德國到處湧現移民潮。想逃出去不只是那些遭到撤離的人。各國駐德領事館都是門庭若市。她本人都可以把自身經驗編成一首歌了！勞斯的母親提到，其實他們家一開始是想到美國去，後來想想，不知道去那裡可以做什麼。於是他們將目標轉往加拿大，想想也一樣不知道可以做什麼。但如果去土耳其領事館又怕被笑。

勞斯的母親越說越多，又說道：「大部分的人都想去南美洲。只有有錢人才進得去。錢越多，門道就越多。像我們的家庭醫師就到肯亞去了。哎呀！身為醫師當然比我們這些人有更多機會。這次尼泊爾的表現也很大方。但是有誰會想到世界的盡頭去呢？幸好有人告訴我們南非這條管道。我就覺得奇怪，怎麼沒有更多德國人想去那裡。那裡有理想的氣候條件！就算沒有財產，人家也歡迎你去！」

「敘立茲，」揚娜貝塔說：「敘立茲現在怎樣？」

「空無一人。」勞斯的父親說：「如果沒有顧客上門，在那裡還怎麼做生意啊？說什麼補償金，可有得等囉！」

揚娜貝塔靜靜地坐著，沒有做出任何回應。

倒是勞斯蹦地站了起來。

「醒醒吧！」勞斯大聲說：「誰會理你們那間小店的事啊？說說，除了你們自己，還有誰在意？又有誰會補償她？」他說時指了指揚娜貝塔，接著又說：「你們想過嗎？你們認為，父母的意義何在？兄弟姊妹的意義何在？那你們到底還有什麼好抱怨的？到底是哪些人一直支持核能？說什麼：『這樣你們的燈才不會不亮』。這些話你們都還記得嗎？還是都忘了？」

勞斯的父母無言以對地看著自己的兒子。勞斯卻抓住揚娜貝塔的手臂，把她拉起身，離開現場。

「你們就去南非吧！那裡才是你們的歸屬！」勞斯回過頭大聲說：「反正就只是從一個瘋狂的境地邁向另一個瘋狂的境地！」[1]

兩人跑到外面一排樹下才停下腳步。

「就這樣吧！」勞斯說：「這些事我也想了很久、想說很久了。謝謝妳讓我有勇氣說出來！」

「跟我說些敘立茲的事吧？」揚娜貝塔說。

這時勞斯臉上像是籠罩了一層陰影。他的肩膀一度提起，隨即又往下垂。

「鬼城一樣，」勞斯說：「遠看像是個無事的世界，有市政山、看得到桁架建築的山形牆、幾座塔樓也都還在。但是當你人走進去，會聽到自己腳步聲的回音，還會看到各家門前積了一堆乾掉的落葉。大部分人家的捲門都還關著。院子裡雜草蔓生，就連市集廣場的鋪路磚之間也長出雜草。另外，到處都能看見亂竄的老鼠。」

揚娜貝塔想要問自己家的情況，但那棟房子在山坡上，遠離主要道路。想到勞斯應該不會到那一帶去，就作罷。再說，就算他去過，從房子的外觀能看出什麼名堂呢？

「我爸媽，」勞斯說：「只是想知道，家裡和店裡有沒有被盜。實際上什麼都沒少。當他們確認已經開始供電後，又馬上對德國井然有序的制度讚不絕口。」

勞斯想了一下，又說：「最令人感到毛骨悚然的是，樹葉都已經完全轉黃了。相較於以往，都要到十月底才會出現這樣的景象，有些樹的葉子甚至已經掉光了。」

揚娜貝塔看向頭頂的樹梢。

「還是去一趟吧！」勞斯說：「不然心裡也是記掛著。」

他又接著說：「其實我從沒想過，自己會如此依戀那個鳥不生蛋的地方。」

「謝謝你。」揚娜貝塔說。

接著，兩人點頭道別。

揚娜貝塔目送勞斯離開，看著他走回父母所在之處。

她自己則跑回草坪上，找到坐在聽眾席前椅子上的奶奶，並接手照看小孩的工作。奶奶鬆了口氣，繼續織起毛線，原來那些蓬鬆的毛線球一直擱在她腿上。奶奶手上的毛線針不時碰在一起發出聲音，她正在做收線的動作。

揚娜貝塔看到在聽眾席後方的爸比，他正在整理電線。揚娜貝塔看了他一會兒，直到

1 原文註：這裡指的是南非的種族隔離政策。這種白人上層階級對當地黑人嚴重歧視的政策，在一九八〇年代達到高潮。

孩子們又開始哭鬧。揚娜貝塔覺得，只有在爸比身邊她才不覺得煩。爸比偶爾抬起頭對揚娜貝塔點頭微笑。這時，揚娜貝塔總也回以微笑。但兩人並未進行任何交談。

晚上回家後，揚娜貝塔告知眾人，她明早要出發前往敘立茲的決定。

對此，阿慕特顯得十分訝異。

「進入解禁的封鎖區？」阿慕特大呼，說道：「進到被輻射汙染過的區域？為什麼這麼突然？妳再等幾個星期或幾個月吧！妳不會錯過什麼的，而且那裡也沒有人在等妳回去。」

「原來的住處反正都已經布滿灰塵了，」賴哈德說：「如果擔心的是院子裡的雜草，冬天一來就都解決啦！」

揚娜貝塔心想，大家說的或許沒錯，但她真的等不下去了。

「再說，明天是服務中心的開幕典禮，」阿慕特又說：「妳為這個活動付出那麼多，難道妳甘心錯過嗎？」

「就讓她去吧！」爸比說：「如果她的心被牽引到那裡，你們是怎樣也攔不住的。」

「但是妳會回來吧？」奶奶擔心地看著她。

「我還不清楚。」揚娜貝塔說：「我暫時還不想對你們承諾什麼，到目前為止什麼都有可能。」

「看來妳似乎在做應該做的事，」爸比說：「那我們就祝妳一路順利！……還有，別再遇到更多令妳難以承受的傷心事了。」

阿慕特遞給揚娜貝塔一個小錢包，裡面有一張百元馬克紙鈔和一些零錢。

「記得保持聯絡。」阿慕特說。

揚娜貝塔又請阿慕特把大麻編提袋借給她用。

當天夜裡，揚娜貝塔選擇在不驚動其他人的情況下走出房門，把前幾天在工具櫃中找到的摺疊鏟子放進麻編提袋裡。

隔天早上，揚娜貝塔很早就出發，但還沒有早到奶奶聽不到她的動靜。奶奶輕手輕腳地走出兒童房，將一頂鬆軟的白色針織物塞到她手上。

「一頂毛線帽。」奶奶輕聲說道：「十月份的清晨可能會到令人覺得冷的程度。況且，妳還跟我提過，富爾達河谷一帶在秋天就常起霧。妳用得到的。」

揚娜貝塔將毛線帽塞進麻編提袋裡，擁抱了奶奶、吻了她柔軟的臉頰，並為她特地編的毛線帽道謝，然後就跑著趕下山到公車站。這天她穿著和此次初到威斯巴登時穿的是同一條褲子、同一件T恤衫。只有現在身上穿的連帽防風外套是新的。這件防風外套原本是伊爾美拉和露特的母親的遺物，是奶奶在搬來住的那天送給揚娜貝塔的。

第十五章

天空下著毛毛細雨，霧籠罩著萊茵河谷。不過揚娜貝塔並沒有在高速公路匝道口等太久，經過的第二輛車就停了下來，而且正好是順向，要開往卡塞爾的車。開車的是個女人，她一看到揚娜貝塔的頭，就不住講起自家姊妹的悲慘故事。女人的姊妹以前住在薩勒河畔的巴特諾因斯塔特，而今已失去一切。

「一切、所有！」女人大聲說。

「但無論如何，她還活著呀！」揚娜貝塔說道。

女人顯然也沒想聽，自顧自地繼續講著，看來揚娜貝塔也無須做出任何回應。於是揚娜貝塔打起瞌睡來。

這段行程只載揚娜貝塔到基森東交流道旁。下車後，揚娜貝塔順勢在路旁的向日葵花田採了一大束花，直到有個蓄了大鬍子的大學生開著一輛很老舊的飛雅特經過，願意讓她搭便車。幸運的是這個大學生正好順路，他要去柏林。

大學生聽到，揚娜貝塔的目的地是之前的第三封鎖區，不禁面露擔心。

「我到那裡有些事要處理。」揚娜貝塔這樣告訴他，並請他在巴特赫斯菲爾德讓她下車。

「妳最好再想想，」大學生說：「沒什麼事會重要到非處理不可。」

但揚娜貝塔很堅持。大學生依約在預定的目的地停車，揚娜貝塔道謝後下車。這時摺疊鏟子從提袋中滑出來。大學生訝異地看著鏟子，再看看揚娜貝塔。

「妳是要去埋什麼嗎？」大學生問。

「我要去埋葬某人。」揚娜貝塔這樣回答。

「死者都已經安葬了，」大學生說道：「就連動物屍體也是。當時特別派遣特種部隊執行這項任務。」

「我不認為，」揚娜貝塔說：「他們會特別找到油菜花田裡去嗎？」

「那位是誰？」

「我弟弟。」

「上車吧！」大學生說。「我載妳去。」

接著，大學生緊閉窗戶，繼續開車，途中，兩人都沒有說話。抵達阿斯巴赫前，揚娜貝塔告知可以停車，道過謝並從她的花束中抽出一朵向日葵給那位大學生後才下車。大學生隨即發動車子轉向，開往剛才來的路。現在六十二號省道上幾乎沒有車。這次揚娜貝塔不再繞路穿過村子，而是直接走進油菜花田裡。揚娜貝塔在茂密的雜草間看到一些枯萎的馬鈴薯植株，接著很快就到達鐵路路堤。她站在那裡，遠望村子許久。整塊平緩的河谷地這時都籠罩了一層褐色調，遠方的村子裡已經有幾棵樹的葉子都掉光了。她深吸了一口氣，然後爬上斜坡，走到路堤上。

她的腳踏車還在軌道旁，已經生鏽了，而且行李架上還夾著書包。再往後，過半只能看到地平線的地方是沒有收成的油菜花田，沒什麼特別之處。

揚娜貝塔慢慢爬下路堤，走向斜坡上梧利已經變形的腳踏車。看到塑膠袋已經被扯破，想來是動物為了裡面的食物撕扯的結果。接著，揚娜貝塔在長滿雜草的碎石路上找到弟弟的泰迪熊。泰迪熊早已被過往的車輛壓扁了，而且沾滿了灰塵。之前泰迪熊的深棕色，現在也明顯褪色了。

她把向日葵花束高高舉在頭上，就這樣踏進油菜花田裡。揚娜貝塔小心翼翼地用腳輕踩地面確認，一路撥開蔓生的莖梗。費了一番功夫才終於找到梧利。濱藜和野生洋甘菊幾乎蓋住梧利尚存的遺骸。此時已經沒有腐臭味了。揚娜貝塔看到，家裡的鑰匙還繫在紅色皮帶上。但是當她拉起來時，皮帶已經自動斷開，鑰匙就這樣落在揚娜貝塔手上。她先把鑰匙收起來，然後從麻編提袋裡取出摺疊鏟子。

揚娜貝塔不須挖太大的坑。就在她覺得已經挖得夠深時，她先把已經枯萎的向日葵花束丟進去，再請所剩無幾的可憐梧利進去。最後，揚娜貝塔拿起泰迪熊，把泰迪熊放在梧利身邊。都安置就緒後，開始往坑裡鏟土，再把土堆踩踏結實。過程中，有好幾次噁心的感覺向揚娜貝塔襲來，但她始終沒有退縮。

任務結束後，揚娜貝塔將鏟子摺起來，也不審視四周環境，就迅速穿過油菜花田回到路堤上。她的樣子就像是被洪水追趕的人，終於爬上堤防獲救一樣。揚娜貝塔喘著氣回看那片油菜花田，已經看不到來時路，也猜不出梧利的埋葬地。

現在她才感覺到自己的膝蓋在發抖。此刻，她已經不需要故作堅強。她任憑自己就地倒下，仰身躺著看雲朵從她上方飄過，盡是祥和、看起來無害、蓬鬆得像棉花的雲。揚娜貝塔想著，如果能躺在向日葵上，被寂靜、幽暗和冰涼包圍著，不再害怕，應該是一件美好的事。

她腳踏車的內胎已經沒氣了，幸好打氣筒還可以用。她把內胎充滿氣，取下行李架上的書包，也不打開看看就丟在一旁。現在換成鏟子夾在行李架上，然後把腳踏車推下路堤的斜坡。走這一小段路很吃力，而且腳踏車不斷發出刺耳的聲響，但最終揚娜貝塔還是走下來了。

村子裡沒什麼動靜。街道上還到處堆著乾枯的落葉和上次大雨沖上來的沙子。突然有隻老鼠快速地橫穿過車道。有戶人家門前趴著一隻瘦到只剩皮包骨的狗，完全無法看出這條狗到底是否還活著。揚娜貝塔來到十字路口時，看到那輛被燒毀的巴士和一戶人家的前院花園裡好幾輛推擠變形的車輛殘骸。當日他們經過時，一輛賓士車就在這裡陷進鬆動的泥土地裡空轉，又被眾人推出後，顛簸地開回車道上。車道上看來應該有推土機清理過的樣子。

揚娜貝塔騎著腳踏車轉進六十二號省道。騎過幾棟房子後，看到有戶人家正在卸下車上的行李，不斷把行李箱和捆綁好的箱子往屋裡搬。樓上有個女人推開窗戶，揚娜貝塔聽到她說：「謝天謝地！東西都還在，可是好多老鼠……」

這時已經騎到村子的盡頭，放眼所見是一字排開沒有採收的荒廢田地。此外，路邊到處可見車輛殘骸。揚娜貝塔騎腳踏車經過一輛福斯高爾夫車款的車時，突然有隻髒兮兮的貓從搖下的車窗中跳出來又快速逃開。那輛福斯車車頂安裝了行李架，旁邊還放了一個坐便椅。

拜爾斯豪森和下奧拉也逐漸有了生氣。揚娜貝塔看到，一個女人正在清理窗戶、一個男人站在一片田地前看著被雨淋過的灰褐色小麥。還看到有個老人和一個約莫十二歲左右的男孩，兩人合力把一隻死豬拖出豬圈。看來是清理災後遺骸時被漏掉的。

揚娜貝塔為腳踏車的輪胎打氣時，跑來一條狗對著她吠叫。這一路上，她必須停下來為輪胎加氣的頻率越來越高。想來是輪胎在炎熱的夏季裡劣化了。

這時毛毛雨停了下來。霧氣中逐漸露出高速公路高架橋的輪廓，可以看到高速公路上稀少而平順的車流，而且無論是貨車還是滿載行李的一般車輛，幾乎所有的車都往南開。進入高速公路的匝道口旁斜坡上一整個就是汽車墳場的景象。揚娜貝塔經過時，一群原本停在那些汽車殘骸上的烏鴉，立刻鼓動翅膀飛了起來。

接著揚娜貝塔從省道轉進鄉道。從這裡開始進入敘立茲的地界。接連經過下威格福、上威格福。看到一個婦人正在清掃人行道，還有兩個孩子在馬路上玩足球。一座農舍的磚道上，有個男人仰臥在農機下，對著農機敲敲打打。空氣中飄來一陣高麗菜湯的味道。過了上威格福後，揚娜貝塔停在路邊一棵樹下：之前梧利停下來狼吞虎嚥地吃著麵包和切片起司時，她就靠在這棵樹上。那時母親和小凱還活著，外婆肯定也是。父親應該已經往生了。爺爺奶奶還一無所知地坐在馬約島的陽台上喝咖啡。

她伸手握了握口袋裡的鑰匙，再次給輪胎打氣後繼續上路。經過林巴赫和奎克村。以前她常跟著父母和兩個弟弟一起到這一帶健行。說到健行，是父親和爺爺很喜歡的活動，是兩人的心靈寄託。又想起，他們兩人有多常在健行途中因為講到政治話題吵起來！但如果又講到美味的牛肝菌，就足以讓他們馬上忘記前面爭執的事。

看到一戶人家的院子裡倒了一棵樹，倒下的樹壓垮籬笆。有個男人正把樹枝從樹幹上砍下來。院子的另一側有個婦人正在撿拾掉在地上的蘋果。婦人叫住揚娜貝塔，問她要去哪裡。

「去敘立茲？」婦人驚訝地問道：「就妳一個人？」

「我父母都過世了，」揚娜貝塔說：「但我們的房子還在敘立茲。」

「妳父母姓什麼？」婦人邊問，邊把頭巾綁緊一點。

「我們家姓邁訥克。」揚娜貝塔回說。

「唉！我的老天啊！」婦人盯著揚娜貝塔驚呼：「竟然是邁訥克家的人！這什麼世界啊！到底為什麼讓我們受這罪呀？」

「瑪塔，妳這問的什麼問題！」花園另一頭的老人咆哮道：「人類太自以為是了。以為自己能比上主知道得更多、做得更好。是時候讓他們受點挫折了，現在不就是了嗎？」

「戰後你也說過一模一樣的話。」婦人大聲說道。

「就是啊！」老人說：「但這還不夠。反正很快就會被忘記了。羅夫和蓮妮要飛到摩洛哥度假時，我就說過啦！務農的人耶，竟然在六月份去度假！這可不是好事。我就說了那是褻瀆神明的行為。更早之前，他們不再把牲畜趕去牧場時，我也跟他們說過同樣的話。上主不會容許這樣的事情發生的。」

「是啊！」婦人氣憤地說：「什麼事情都讓你先知道了。你可真是上主的好兄弟啊！」

婦人說完，轉向揚娜貝塔說：「現在敘立茲應該還沒有什麼人。我們也是前天才剛回來。有些人只是回來看一下情況又馬上離開了。如果今天沒有遇到可以照應妳的人，就先到我們這裡來，之後再看要怎麼辦。」

揚娜貝塔謝過，重新騎上腳踏車繼續往胡茲村的方向騎去。她經過之前和梧利一起停下來喝水的小水溝。揚娜貝塔跳下車，在那裡把還沾著泥土的手洗乾淨。前方就是天破山，富爾達河就是在那前面流進敘立茲的。霧漸漸散去，森林上方露出一片藍天。

以前這一帶是放牧牲畜的地方。不過現在整個敘立茲已經沒有牛羊了，整地還有意義嗎？這裡種出來的農作物還能吃嗎？而且以前住在這裡的人也不是全部都有回來的意願。這裡已經看不到未來，以後會是個又窮又病的地方。

就算幾乎是壓在輪圈上騎車，揚娜貝塔還是使勁地踩著腳踏板。這時她經過胡茲村前面的幾棟房子，看到前方的市政山還有城前碉堡和幾座塔樓的輪廓，於是想到自己在山坡上的家。揚娜貝塔突然聽到有人從背後喊她。聽聲音不就是那位親切的肉鋪女店員嗎？

但揚娜貝塔可不想在這時又被什麼事耽擱了。她想撐到回家，她想再看到自己家的樣子，雖然裡面沒有人等待她回家。

她一路顛簸地騎過胡茲村最後幾棟屋舍，終於騎到敘立茲鎮上的前面幾棟房子，完全無視身旁的動靜和經過的小水坑反射出來的刺眼陽光。她彎進舊火車站前面的路，氣喘吁吁地騎上坡。但這部生鏽的腳踏車怎麼也爬不上，最後揚娜貝塔只好跳下車，把車子停靠在山壁邊，然後繼續用走的。索爾陶家的平房靜靜地座落原處，全部的捲門窗都降下來了。大門前的階梯堆積著不知何處吹來的枝葉，乾黃的落葉被風吹得沙沙作響。窗戶前的天竺葵也都乾掉了。

揚娜貝塔看向山坡的另一側，現在那裡已經可以看到有著尖山形牆的自家房子，和圍繞四周的植物看起來正好像一幅畫一樣，以果樹和丁香樹為框，間雜著金雀花和野黃菊作為裝飾。揚娜貝塔的心跳越來越快：除了奶奶植滿的盛開的天竺葵不見了，一切看起來似乎都和之前一樣。她知道，從這裡到家只要再往上踩五十一個台階。於是，揚娜貝塔像往常一樣，到了這裡就猛地加快腳步前進。因為到家之後，門就會打開，然後看到母親站在門邊說：「妳回來啦！」小凱也會撲過來，要揚娜貝塔把他抱起來親暱地親他。然後梧利也會帶著滿手薯泥和刨絲器出現，大聲說：「還有三個馬鈴薯就好了！」另外，還有從寬闊的客廳飄來父親抽菸斗的氣味。

揚娜貝塔費力地拾級而上，爬到一半的時候，她不得不停下腳步，靠在石欄杆上喘氣。她以前常看到奶奶買東西回家時，就是站在這裡休息。揚娜貝塔的心情十分激動，內心卻有些遲疑。她想起以前常會比奶奶先爬到台階上，從上面笑著對奶奶說：「我已經到了呀！」

然後就會看到奶奶靠在半山坡的欄杆上，抬頭無力地喊著：「就等著看吧！等妳哪天老了就知道。」

揚娜貝塔繼續緩慢地往上爬。看到陽台下方有一堆乾掉的天竺葵。這景象讓揚娜貝塔感到訝異，馬上又想到：當然了！在她和梧利離家後，就沒有人會幫這些花澆水。但是，如果房子沒人住，誰會從長形花槽把乾掉的植物挖出來呢？這一想，揚娜貝塔的內心燃起一絲希望的火花，讓她屏住了呼吸。如果之前的一切都只是個誤會？只是正巧一連串錯誤的資訊和誤報？如果父親、母親和小凱⋯⋯

揚娜貝塔從口袋裡掏出鑰匙，悄悄地把鎖轉開。

第十六章

揚娜貝塔探頭仔細聽，什麼動靜也沒有。隔開居住空間和樓梯間的門既沒有發出聲音，沒有母親走動的聲音，也聽不到小孩細步走的腳步聲。除此之外，不僅聞不到抽菸斗的煙味，空氣中還有一股陳腐的味道，外頭也飄進來落葉腐爛的氣味。揚娜貝塔坐在台階上，將頭埋進雙手中。

不過，**確實**聽到有動靜啊！樓上，爺爺和奶奶房間的位置傳來緩步走下樓梯的腳步聲。這腳步聲聽起來是爺爺！絕對沒錯！此刻揚娜貝塔甚至可以聽到爺爺清喉嚨的聲音。

「誰在那裡？」爺爺向樓下喊道。

揚娜貝塔慌張地從提袋裡面撈出那頂鬆軟的白色毛線帽戴在頭上，然後才往前站。

「是我。」揚娜貝塔說。

爺爺靠向樓梯欄杆，這時揚娜貝塔看到爺爺細長、鬍子剃得乾乾淨淨，還帶著眼袋的臉，額頭上還一如往常地落下幾根灰白的髮絲。爺爺的視力已經不是很好，因此花了一點時間才確認是揚娜貝塔。這一確認，讓爺爺高興得不得了。

「天啊！揚娜貝塔，真的是妳嗎？」爺爺朝她走近兩步，大聲說道。接著又轉身向樓上喊道：「貝塔！快來啊！揚娜回來啦！」

爺爺還沒走到揚娜貝塔面前，樓上房間的門已經打開，馬上聽到碎步移動的聲音，接著就看到奶奶：先是看到她的手扶著欄杆，然後看到她的頭向下看，接著是快步走下樓梯。

「啊！小揚娜！小揚娜！」奶奶激動地喊道：「妳終於回來啦！真是好驚喜！」

爺爺率先走到揚娜貝塔面前，抱住她，又吻了她的雙頰。揚娜貝塔緊緊抓牢毛線帽，以免帽子滑下來。接著奶奶把爺爺推到一旁。揚娜貝塔這才意識到，她不記得印象中奶奶有這麼矮呀！現在揚娜貝塔已經必須彎腰看奶奶了。揚娜貝塔心想，難道是自己這期間長高了嗎？

「哎呀！妳變瘦了呀！」奶奶輕輕摸著揚娜貝塔的臉頰說：「不過要是人經過這麼多衝擊……也難怪了……現在開始，我們可得好好把妳養胖才行。」

揚娜貝塔覺得自己好像在夢境裡面。她慢慢地爬上樓梯，爺爺和奶奶跟在後面。奶奶挽住爺爺的手臂。在揚娜貝塔的記憶中，過去奶奶一向是這樣上樓的。一陣咖啡香從敞開的房門飄來，完全是過去在這個時間點會聞到的香味。

「妳可要原諒我們，」奶奶喘著氣說：「我們還沒有把一切打理好。像前面這間客房和妳爺爺的書房就還沒整理到。畢竟從我們回家到今天才第三天而已。妳絕對想不到這裡有多髒。所有的東西上面都一層厚厚的灰。還有啊，整個室內都是一股什麼味道！」

「我們是第一批回到敘立茲住的人。」爺爺說：「我們在馬約島上就聽說第三封鎖區從十月一日開始解除封鎖的事。我們根本等不及了。馬上訂了可以最快起飛的班機。因為公車和火車系統都還沒開始正常運作，抵達後，我們叫了計程車，而且我們馬上就近在法蘭克福隨便找一家超市停下來，把整輛計程車裝滿食物。這裡的一切還需要一點時間，才能慢慢恢復原來的樣子……我是指買東西和其他生活上的事。」

「妳知道嗎？我們真受夠馬約島了！」奶奶打斷爺爺說：「而且我們也放心不下這棟房子。」

「格拉芬萊茵費爾德發生的不幸確實頗讓人感到不安，」爺爺微笑繼續說：「或許這裡面還包含道德層面的不安，不是嗎？總之，我們倆都認為，我們最好自己顧好自家的事，而不是把一切責任都託付給警察。」

「我覺得，」奶奶說：「我們應該到陽台上喝咖啡。太陽出來啦！這時節，坐在太陽下，身體很快就會暖和起來的。」

「妳奶奶還烤了蛋糕呢！」爺爺笑著說。

「為了吃蛋糕，妳爺爺剛才已經到花園去忙過一輪啦！」奶奶說：「他完全等不住了。台階上快被雜草淹沒。妳真該看看我們剛回來時的樣子！園子裡的樹叢全都亂長一通。還有屋後的花圃啊……一整個不知道該怎麼形容！」

在爺爺把椅子擺好、鋪上花色熟悉的桌巾時，揚娜貝塔靠在陽台欄杆上俯視腳下的市鎮景象。整個敘立茲此刻靜靜地享受陽光的照拂。

看到幾個行人，偶爾還有一輛車經過……但也僅此而已。

街道上到處都是沒人掃的髒兮兮的枯黃落葉。布滿秋意的樹在陽光下搖曳，其中有許多樹上的葉子都已經掉光了。

「那天……」揚娜貝塔緩緩說出這幾個字。

「噓！」奶奶打斷她，同時做出不想聽的手勢，說道：「我不想聽！拜託！我不想去想那些事。就讓我們慶幸一切都還順利吧！」

「我們抵達法蘭克福機場時給黑兒嘉打了電話。」爺爺說：「我們聽說，所有人都平安，住院的人也很快可以出院了。」

揚娜貝塔深吸了一口氣看向奶奶，只見奶奶溫柔、滿足地回看著她微笑。

「噢，是呀！」有那麼一瞬間，揚娜貝塔幾乎要相信自己沒有說謊，然後她冷靜地說：「他們都很好、很好。」

「既然這樣，一切都沒問題啦！」爺爺在茶几另一端坐下，然後往後靠向椅背，說：

「我們肯定很快就能再見到他們了。男孩們這期間一定長高不少。但是他們確實該寫個信到馬約島上報平安！哪能病得那麼嚴重，竟然連一張小卡片都寫不了？」

「你忘了他們受到的衝擊有多大，」奶奶緩頰道：「當時這裡的情況應該是亂成一團了。」

奶奶停了一下後，又說：「有誰能想到核電廠可以危險到這個地步？」

爺爺還想說什麼，卻被揚娜貝塔搶先開口。

「爸媽之前不是說過很多次嗎？」揚娜貝塔問完，繃緊神經地轉向奶奶，等著看她怎麼回答。

「我認為……」爺爺舉起手，準備做一個很大的手勢，正要打開話匣子……

「噢！別！漢斯葛奧格！」奶奶打斷爺爺要說的話，說道：「我們先喝咖啡吧！之後再讓你好好『發表政見』。」

「發表政見」。揚娜貝塔對這個字眼印象深刻。

奶奶經常用到這個詞，說時往往帶點貶義，好像說的是像足球、蒐集郵票和玩填字遊戲一樣，都是屬於特別沒用的興趣種類。而且這個詞總是能惹得自己的爸媽生氣。

現在奶奶也坐下了。桌面經過精心布置，桌上的奶酥蛋糕光聞起來就很美味。

看來什麼都不缺，就連鮮奶油也準備好了。這些都是過往美好時光的美味記憶。和賴哈德與阿慕特同住時，既沒有鮮奶油也沒有奶酥蛋糕，為咖啡加奶時甚至只能用奶粉。

「孩子，就坐吧！」奶奶滿臉笑意地說：「誰能想到，今天我們三個人會一起坐下來喝咖啡？」奶奶笑了笑，又說：「嚴格說來，也不能說我們是三個人一起喝咖啡。也就是說……我們家小揚娜要喝可可奶，就像以前一樣。對妳的年紀來說，咖啡還像毒藥一樣，喝不得。」

奶奶說著舉壺靠近揚娜貝塔的杯子，接著往杯內倒進可可奶。揚娜貝塔坐在椅子邊上，她等著隨時要從椅子上跳起來。

「孩子，現在告訴我，為什麼你們沒把可可一起帶走？」爺爺說。揚娜貝塔注意到，爺爺說這句話時努力壓抑情緒，為的是不讓語氣聽起來有責備的意味。爺爺接著說：「我們回家時，看到那隻可憐的小動物已經在籠子裡餓死了。你們至少也把牠放飛，怎麼能讓這種事發生！」

「爺爺，我們把牠給忘了。」揚娜貝塔說。

「忘了？」奶奶和爺爺驚訝地同時看向揚娜貝塔，異口同聲說出這句話。

「看到牠那樣子，我都哭了。」奶奶嘆氣說道。

揚娜貝塔依舊一言不發。

「唉！算了，」爺爺試圖緩和氣氛，說：「我們都不想因為責備，壞了這個下午如此美好的氣氛。這件事就到這裡打住。」

接下來是一陣靜默。揚娜貝塔盯著桌巾上的小花圖案看，想起了梧利。咖啡勺碰到精美的瓷杯，發出輕微的聲響。有隻胡蜂在蛋糕上面盤旋。

「孩子，把妳的毛線帽摘下來吧！」爺爺說。

揚娜貝塔只是搖搖頭，不願摘下帽子，反而表示自己還想再吃一塊蛋糕。畢竟她這一整天還沒吃過東西，連早餐也沒吃。她奮力而專注地吃著，想著吃進肚裡的是一份舊日時光的美好情懷，而且肯定還帶有輻射汙染。想到這裡，她馬上又試著不去想這些事。

「毛線帽。小揚娜，妳頭上還戴著毛線帽……」爺爺再次提醒她說：「妳還一直戴在頭上呢！」

「讓她戴著吧！」奶奶對爺爺說。說畢，又對揚娜貝塔說：「一定是妳自己織的吧！我真為妳感到驕傲！我也覺得織得很好，漢斯葛奧格，你也這樣覺得吧？」

「我不喜歡那個顏色。」爺爺直言，說道：「遠遠看到，還以為這孩子頂著一頭白髮，像個老婦人一樣。而且這頂帽子完全把她自己的頭髮都蓋住了。」

奶奶把手搭在揚娜貝塔的手臂上，固執地點頭說：「我可喜歡了！我就覺得這個顏色太棒了。而且，」奶奶對著桌子另一頭的爺爺說：「這孩子剛受過一些衝擊。」

「噢！是啊！」爺爺重重放下拿在手上的杯子，碰出了聲音，說：「太多衝擊，而且是不必要的衝擊，都是德式的歇斯底里。我們這裡離格拉芬萊茵費爾德少說也有九十、上百公里。結果就因為單純的疑慮，要把所有居民這樣趕來趕去。只是因為有疑慮，工廠要停業、要屠殺牲畜、任由農作物在地上腐壞。我完全無法理解這些事。其實只要把孕婦和兒童疏散個一、兩個星期不就夠了？之前俄國人不是也那樣做。看他們之前怎麼處理就好了：車諾比事故後，不就做給我們看要如何掌控這類事情發生後的局面。」

揚娜貝塔正張開嘴巴想說話，就被奶奶搶先發難了。

「可是，漢斯葛奧格，」奶奶說：「聽說，這次格拉芬萊茵費爾德核電廠事故外洩的輻射劑量，是當初車諾比核災的九倍。」

奶奶說完，像往常一樣，翹起小指舉起杯子，一臉享受地喝著咖啡。

「一定會有各種說法。」爺爺語帶不悅地說：「只要想想，當初車諾比核災後在我們這裡引起多大的騷動和不安就好！如果你們想聽我的看法，我覺得現在就是和當時相同的情況。都是一些反對核能的人、自以為能把世界變得更好的人，全部都是高舉環保旗幟的不得勢者，他們應該還會覺得這次災難不夠嚴重，這些人一心只希望我們全都重返石器時代的生活模式。」

揚娜貝塔這時又想起臨時醫院牆面上擺的那些石頭人偶。她真希望自己現在手上有石頭、有很多方便一手撈起的石頭。她往四周看了看，發現陽台上沒有石頭，就連一塊劈好的木頭或是一方紙鎮都沒有。最後，她的視線停留在可可奶壺上。她用雙手提起可可奶壺並且高舉起來。

「燙得讓人心暖，不是嗎？」奶奶帶著充滿慈愛的微笑說：「儘管喝吧！」

揚娜貝塔再次放下可可奶壺。噢！不！

「但是，報紙上不是也提到有很多人罹難？」奶奶對爺爺說。

「那妳看到那些罹難者了嗎？」爺爺悶悶地說：「當然啦！在靠近核電廠的附近，還有以當時交通混亂的情況……」

「報上寫說，死亡人數高達一萬八千人……」奶奶又說。

這次爺爺生氣地揮了揮手，才說：「揚娜貝塔，好！我來告訴妳們，這時該做什麼才是最重要的……」爺爺以對著一群人說教的口吻說道：「這時候，就不該讓媒體報導這些大小事故。這樣一來，在一開始就不會引起歇斯底里的情緒，而且眾人也不會聚焦在大肆報導的事件上，也一定不會出現一堆誇張的內容可以做文章了。現代人受到太多，甚至過多啟蒙了。一般人哪有必要去了解核反應爐的內部結構是什麼樣子？為什麼要知道侖目和貝克這些輻射劑量單位？反正搞到最後，他們還不是什麼都不知道！為何有必要讓全世界都知道我們國內死了多少人？這樣只會因為這次災難的不實傳聞，讓我們國家的顏面在外國人面前造成不必要的傷害。我這樣說好了：如果我們國內有政治人物可以體面地處理這些事，那我們在敘立茲就不應該感受到這次事件的衝擊。而那些新聞界人士也就不敢這樣到處亂挖新聞了。」

聽到這番話，奶奶贊同地點點頭。

這時揚娜貝塔脫下戴在頭上的毛線帽，終於可以開始說話了……

國家圖書館出版品預行編目(CIP)資料

穿雲少女/顧德倫.包瑟望(Gudrun Pausewang)著；黃慧珍譯.
-- 初版. -- 新北市：遠足文化事業股份有限公司菓子文化
出版：遠足文化事業股份有限公司發行, 2021.12
面； 公分
譯自：Die Wolke
ISBN 978-986-06715-6-8(平裝)

875.57 110017141

菓子
Götz Books

・Suchen

穿雲少女
Die Wolke

作　　者　顧德倫・包瑟望（Gudrun Pausewang）
譯　　者　黃慧珍

主　　編　邱靖絨
校　　對　楊蕙苓
排　　版　菩薩蠻電腦科技有限公司
封面設計　羅心梅
總　　編　邱靖絨
社　　長　郭重興
發行人兼出版總監　曾大福
出　　版　遠足文化事業股份有限公司　菓子文化
發　　行　遠足文化事業股份有限公司
地　　址　231 新北市新店區民權路 108 之 2 號 9 樓
電　　話　02-22181417
傳　　真　02-22181009
E m a i l　service@bookrep.com.tw
郵撥帳號　19504465 遠足文化事業股份有限公司
客服專線　0800221029

印　　刷　沈氏藝術印刷股份有限公司
定　　價　380 元
初　　版　2021 年 12 月
法律顧問　華陽國際專利商標事務所　蘇文生律師

The translation of this work was supported by a grant from the Goethe-Institut.

GOETHE INSTITUT